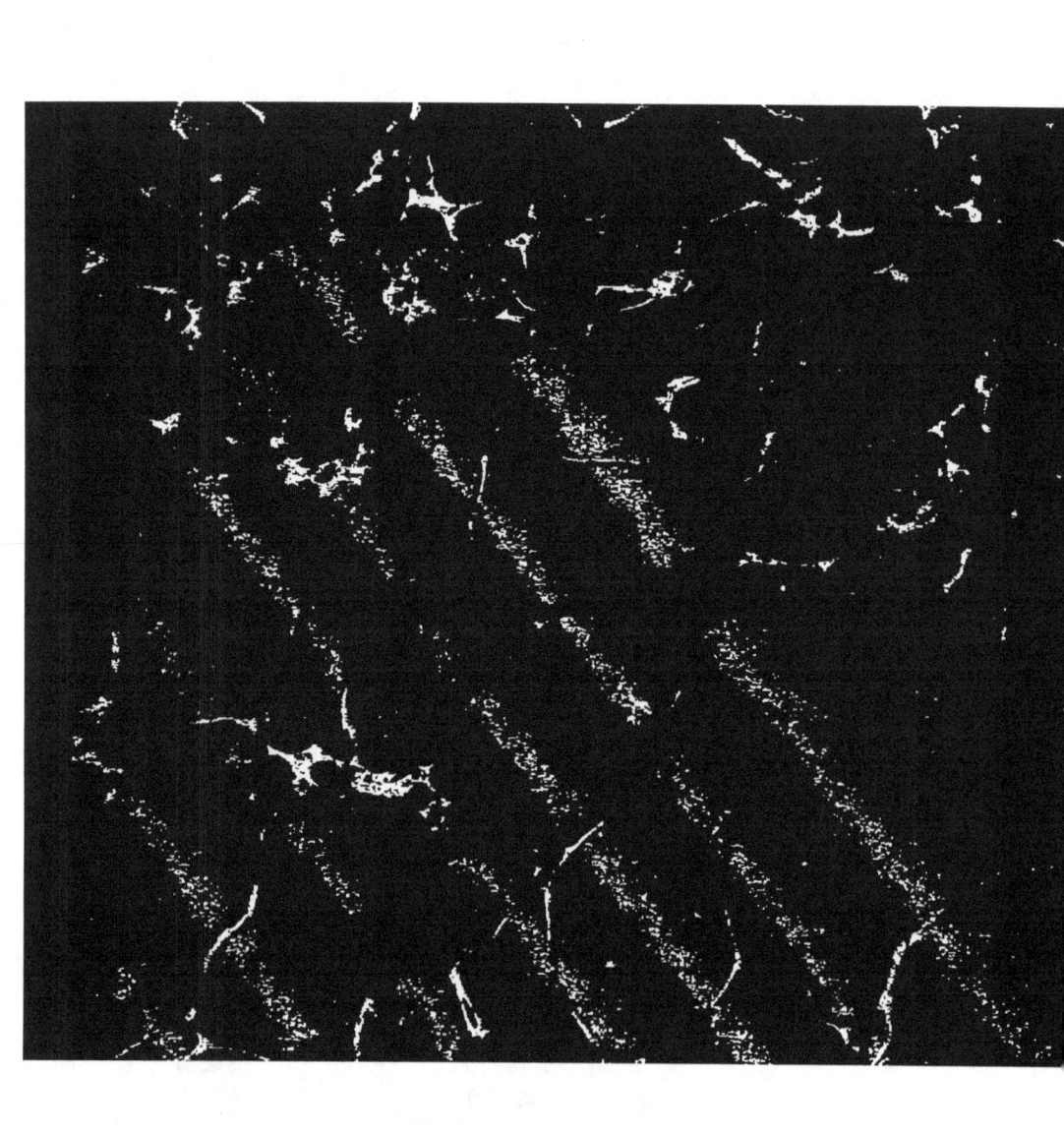

Il a é'é tiré CXCVII exemplaires svr carré uergé d'Arches et XIX svr petit raisin Ingres uert, rovge et iavne.

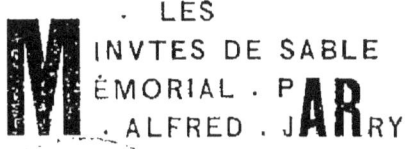

· LES
MINVTES DE SABLE
ÉMORIAL · PAR
· ALFRED · JARRY

ÉDITION
DV · MERCVRE · D
F RANCE.XV.
RVE . DE . L'ÉCHAVD
CIƆ . IƆ . CCC . XCIV

Les

Minutes de Sable

Mémorial

On prépare :

Éléments de Pataphysique.

CÉSAR-ANTECHRIST (avec des endroits où tout sera par blason, et certains personnages doubles).

LINTEAU

Il est très vraisemblable que beaucoup ne s'apercevront point que ce qui va suivre soit très beau (sans superlatif : départ); et à supposer qu'une ou deux choses les intéressent, il se peut aussi qu'ils ne croient point qu'elles leur aient été suggérées exprès. Car ils entreverront des idées entrebâillées, non brodées de leurs usuelles accompagnatrices, et s'étonneront du manque de maintes citations congrues, alors qu'il se compile des manuels où tout jeune homme lit ce qui est nécessaire pour suivre lesdits usages. Il est bien d'avoir fréquenté chez les siècles divers des philosophes, pour apprendre 1° l'absurdité de répéter leurs doctrines, qui, récentes, traînent aux cafés et brasseries, plus vieilles, aux cahiers des potaches; 2° et surtout, la double absurdité de citer l'étai du nom d'un philosophe, quand chacune de ses idées, prise hors de l'ensemble du sys-

tème, bave des lèvres d'un gâteux (Et ce
bout de dissertation est tout aussi banal
que la banalité d'*il ne faut pas tout dire*
qu'il explique)...

Suggérer au lieu de dire, faire dans la
route des phrases un carrefour de tous
les mots. Comme des productions de la
nature, (auxquelles faussement on a
comparé l'œuvre seule de génie, toute
œuvre écrite y étant semblable) la dis-
section indéfinie exhume toujours des
œuvres quelque chose de nouveau. Confusion et danger : l'œuvre d'ignorance
aux mots bulletins de vote pris hors de
leur sens ou plus justement sans préfé-
rence de sens. Et celle-ci aux superfi-

ciels d'abord est plus belle, car la diver-
sité des sens attribuables est surpassante,
la verbalité libre de tout chapelet se
choisit plus tintante; et pour peu que la
forme soit abrupte et irrégulière, par
manque d'avoir su la régularité, toute
régularité inattendue luit, pierre, orbite,
œil de paon, lampadaire, accord final.
— Mais voici le critère pour distinguer
cette obscurité, chaos facile, de l'Autre,
simplicité* condensée, diamant du char-
bon, œuvre unique faite de toutes les
œuvres possibles offertes à tous les yeux

---

* La simplicité n'a pas besoin d'être simple,
mais du complexe resserré et synthétisé (*Cf.
Pataph*).

encerclant le phare argus de la périphé-
rie de notre crâne sphérique : en celle-ci,
le rapport de la phrase verbale à tout
sens qu'on y puisse trouver est constant ;
en celle-là, indéfiniment varié.

(DILEMME) De par ceci qu'on écrit
l'œuvre, active supériorité sur l'audition
passive. Tous les sens qu'y trouvera le
lecteur sont prévus, et jamais il ne les
trouvera tous ; et l'auteur lui en peut
indiquer, colin-maillard cérébral, d'inat-
tendus, postérieurs et contradictoires.

Mais 2° Cas. Lecteur infiniment supérieur par l'intelligence à celui qui écrivit. — N'ayant point écrit l'œuvre, il
ne la néanmoins pénètre point, reste

parallèle, sinon égal, au lecteur du
Ier Cas.

3° Si impossible il s'identifie à l'auteur, l'auteur au moins dans le passé le
surpassa écrivant l'œuvre, moment unique où il vit TOUT (et n'eut, comme ci-
dessus, garde de le dire. C'eût été (*Cf.
Pataph.*) association d'idées animale-
ment passive, dédain (ou manque) du
libre-arbitre ou de l'intelligence choisis-
sante, et sincérité, anti-esthétique et
méprisable).

4° Si passé ce moment unique l'auteur
oublie (et l'oubli est indispensable —
timeo hominem... — pour retourner le
stile en sa cervelle et y buriner l'œuvre

nouvelle), la constance du rapport pré-
cité lui est jalon pour retrouver TOUT.
Et ceci n'est qu'accessoire de cette réci-
proque : quand même il n'eût point su
toutes choses y afférentes en écrivant
l'œuvre, il lui suffit de deux jalons pla-
cés (encoche, point de mire) — par
intuition, si l'on veut un mot — pour
TOUT décrire (dirait le tire-ligne au com-
pas) et découvrir. Et Descartes est bien
petit d'ambition, qui n'a voulu qu'édifier
sur un Album un système (Rien de
Stuart Mill, méthode des résidus).

Il est bon d'écrire une théorie après
l'œuvre, de la lire avant l'œuvre. —

Avant de lire ce qui est passable :

Il est stupide de commenter soi-même l'œuvre écrite, bonne ou mauvaise, car au moment de l'écriture on a tâché de son mieux non de dire TOUT, ce qui serait absurde, mais le plus du nécessaire (que jamais d'ailleurs le lecteur ne percevra total), et l'on ne sera pas plus clair. Qu'on pèse donc les mots, polyèdres d'idées, avec des scrupules comme des diamants à la balance de ses oreilles, sans demander pourquoi telle et telle chose, car il n'y a qu'à regarder, et c'est écrit dessus.

Avant de lire ce qui ne vaut rien :

Et il y a divers vers et proses que nous

trouvons très mauvais et que nous avons
laissés pourtant, retranchant beaucoup,
parce que pour un motif qui nous échappe
aujourd'hui, ils nous ont donc intéressé
un instant puisque nous les avons écrits ;
l'œuvre est plus complète quand on n'en
retranche point tout le faible et le mauvais, échantillons laissés qui expliquent
par similitude ou différence leurs pareils
ou leurs contraires — et d'ailleurs certains ne trouveront que cela de bien.

A. J.

11 août 1894.

LIEDS FUNÈBRES

I

Le Miracle de Saint-Accroupi

Sur l'écran tout blanc du grand ciel tra-
gique, les mille-pieds noirs des enterrements
passent, tels les verres d'une monotone lan-
terne magique. La Famine sonne aux oreilles
vides, si vides et folles, ses bourdonnements.

Sa cloche joyeuse pend à ses doigts longs,
versant sur la terre des ricanements. Et de

grands loups fauves et des corbeaux graves sont sur ses talons. La Famine sonne aux oreilles vides par la ville morne ses bourdonnements.

Croix des cimetières, levons nos bras raides pour prier là-haut que l'on nous délivre de ces ouvriers qui piochent sans trève nos froides racines. N'est-il donc un Saint, bien en cour auprès de Dieu notre Père, pour qu'il intercède?

Croix des cimetières, votre grêle foule a donc oublié le bloc de granit perdu dans un coin de votre domaine? Sa barbe de fleuve jusqu'à ses genoux épand et déroule, déroule sa houle, sa houle de pierre.

Et les flots de pierre le couvrent entier. Sur ses cuisses dures ses coudes qui luisent sous les astres blonds se posent, soudés pour l'éternité. Et c'est un grand Saint, car il a pour siège, honorable siège, un beau bénitier.

Il n'a point de nom. Dans un coin tapi, ignoré des hommes, seules les Croix blanches lui tendent la plainte de leurs bras dressés. Le corbeau qui vole le méprise nain, croassant l'injure au bon Saint courbé : Vieux Saint-Accroupi.

Croix des cimetières, tendons-lui la plainte de nos bras dressés : Que ces ouvriers qui tuent nos racines et peuplent les tombes de serpents coupés, se croisant les bras, regardent oisifs les torches de mort désormais éteintes.

Et que la Famine remmène sous terre son cortège noir de grands loups qui rôdent et de

corbeaux graves. Que le Blanc au Noir succède partout. Que le grand œil glauque du
ciel compatisse, versant sur les hommes des
pleurs de farine.

Et les Croix restèrent les bras étendus,
coupant de rais blancs l'ombre sans couleur.
Soudain des pleurs blancs glissèrent sur l'ombre. Les nuages sont de grands sacs que
vident des meuniers célestes. La manne s'accroche aux pignons ardus.

La manne fait blanches les rougeâtres
tuiles. Une nappe blanche jusqu'à l'horizon
sur toute la terre s'étend pour manger. Et de
blanc lui-même, de blanc s'est vêtu le Saint-
Accroupi ; de blanc s'est vêtu comme un bou-
langer.

Et les hommes puisent lourdes pelletées

de farine claire que le vent joyeux leur fouette au visage. Croix des cimetières, nos vœux exaucés, nous voudrions voir quel fut le départ, le départ honteux du cortège noir...

. . . .

La Famine est là. La Famine sonne aux oreilles vides, si vides et folles, ses bourdonnements. Et la neige étend son linceul de mort sur la ville froide que creusent des fosses... La Famine sonne ses bourdonnements.

II

La plainte de la Mandragore

C'est un petit homme vêtu de poils roux que couche et déchire un vent de rafale. Ses bras sont tordus et ses doigts coupés. Le

fond de la terre le tient par les pieds. Un
trousseau de clefs append au gibet, porche
triomphal.

Hérissé de givre, il ne peut croiser ses
bras toujours hauts. Il ne peut claquer sa
bouche soudée... Castagnettes sont les dents
des pendus.. Battez la semelle, pendus, aux
poteaux... Le fond de la terre le tient par les
pieds.

« Je suis une plante et ne peux ramper,
ramper comme un lierre, grimper comme un
lierre sur les hauts piliers. Le fond de la
terre me tient par les pieds. Nabot dont tu
ris, Homme, mon grand frère, je voudrais les
ailes des chauves souris.

« Hibou dont les griffes gantées de velours
tracent sur les morts leurs hiéroglyphes,

prends-moi pour ton nid ! Mes pieds sont des goules au col de couleuvre, qui sucent le sang, l'exquis sang des morts. Mon corps est une outre que le sang remplit.

« Mage, tes grimoires sont clos pour tes yeux. Mes yeux sont des nœuds d'arbuste bizarre. Dans mes yeux se mire le sein de la terre. Mes yeux sont des lacs ; mes lourdes paupières sont faites de pierres qui, philosophales, versent des flots d'or.

« Des paillettes d'or couvriront tes dalles. Tout ce qui me touche se transmute en or. Les yeux des hiboux m'ont souvent fixé : éternellement ils resteront d'or... Viens, et me délivre ; le fond de la terre me tient par les pieds. »

Ainsi se lamente sous l'ombre tremblante

des pendus heurtés; ainsi se lamente le
nabot planté. La rafale apporte son chant de
cigale... Garde tes trésors : je viens, petit
Homme, délivrer tes pieds, par Humanité.

Et voici ma main qui cherche tes mains
dont l'effort figé monte au zénith blême...
Mais sa main de gloire, en geste moqueur,
flambe comme un phare ; la rafale emporte
son ricanement... Le fond de la terre ME
tient par les pieds.

III

L'Incube

Vogue dans la coupe aux flots d'huile rose,
sombre dans la coupe aux flots d'huile fauve,
frémis dans la coupe aux flots de nuit noire,

veilleuse, et deviens la lampe d'un mort !
Les Anges qui veillent éclairés d'étoiles
remportent leurs lampes.

Il dort, et son corps, son corps d'émail aux
veines bleu de Sèvres, repose très calme dans
le grand lit sombre. Vogue dans la coupe aux
flots d'huile rose, veilleuse, et répands ta
lumière douce, lueur de parfum, sur l'enfant
qui dort.

Écoutez ! La Nuit froisse son manteau.
Quelque chose vient crier sur la vitre.
Rideaux inquiets, ébouriffez vite vos ailes de
plume sur la vitre glauque. Veilleuse mourante, sombre dans la coupe aux flots d'huile
fauve.

La nuit est tombée comme une pluie
grise. L'Incube a rampé comme une limace.

Vitre, épands des pleurs, pleurs amers d'ab-
sinthe. Et, Fenêtre, lève ta grande Croix
sainte, cependant que grimpe et grince et
grimace une grosse griffe.

Être horrible et vague, la nuit en fureur
l'a vomi ainsi qu'une lourde vague qui glisse
et déferle aux dalles d'un phare. La vitre
frémit et son œil s'effare. Veilleuse mourante,
sombre dans la coupe aux flots d'huile fauve.

L'enfant dort. Son corps, son corps d'émail
aux veines bleu de Sèvres, repose très calme
dans le grand lit sombre. Vogue dans la
coupe aux flots d'huile fauve, veilleuse, et
répands ta lumière lourde aux vapeurs de
soufre sur l'enfant qui dort.

La vitre se crève, cerceau de papier. Un
corps de limace oscille dans l'ombre. L'enfant

se réveille, et ses grands sourcils arqués dans la nuit, font battre leurs ailes. Frémis dans la coupe, veilleuse, et deviens la lampe d'un mort !

Les ténèbres sont un filet rempli de monstres sans nom. La vitre étoilée à ses pointes claires accroche des larves. La coupe n'est plus qu'un vase de poix. Les Anges qui veillent éclairés d'étoiles ont éteint leurs lampes.

LES TROIS MEUBLES DU MAGE

SURANNÉS

I

MINÉRAL

Vase olivâtre et vain d'où l'âme est envolée,
Crâne, tu tournes un bon visage indulgent
Vers nous, et souris de ta bouche crénelée.
Mais tu regrettes ton corps, tes cheveux d'argent,

Tes lèvres qui s'ouvraient à la parole ailée,
Et l'orbite creuse où mon regard va plongeant,
Bâille à l'ombre et soupire et s'ennuie esseulée,
Très nette, vide box d'un cheval voyageant.

Tu n'es plus qu'argile et mort. Tes blanches molaires
Sur les tons mats de l'os brillent de flammes claires,
Tels les cuivres fourbis par un larbin soigneux.

Et, presse-papier lourd, sur le haut d'une armoire
Serrant de l'occiput les feuillets du grimoire,
Contre le vent rôdeur tu rechignes, hargneux.

II

VÉGÉTAL

Le vélin écrit rit et grimace, livide.
Les signes sont dansants et fous. Les uns, flambeaux,
Pétillent radieux dans une page vide.
D'autres en rangs pressés, acrobates corbeaux,
Dans la neige épandue ouvrent leur bec avide.

Le livre est un grand arbre émergé des tombeaux.
Et ses feuilles, ainsi que d'un sac qui se vide,
Volent au vent vorace et partent par lambeaux.

Et son tronc est humain comme la mandragore;
Ses fruits vivants sont les fèves de Pythagore;
Des feuillets verdoyants lui poussent en avril.

Et les prédictions d'or qu'il emmagasine,
Seul le nécromant peut les lire sans péril,
La nuit, à la lueur des torches de résine.

III

ANIMAL

Tout vêtu de drap d'or frisé, contemplatif,
Besicles d'or armant son nez bourbon, il trône.
A l'entour se presse un cortège admiratif
Que fait trembler le feu soudain de son œil jaune.

Il est très sage, et rend justice sous un aulne
(Jadis Pallas en fit son conseil privatif);
Il a pour méditer l'arrêt, esprit actif,
Et pour l'exécuter griffes longues d'une aune.

Doux, poli, le hibou viendra vous prévenir
Quand l'heure sonnera que la Mort vous emporte ;
Et crîra trois fois son nom à travers la porte.

Car il déchiffre sur les tombes l'avenir,
Rêvant la nuit devant les X philosophales
Des longs fémurs croisés en siestes triomphales.

GUIGNOL

I

L'Autoclète

Quand le rideau macabre replia vers le
cintre sa grande aile rouge avec un bruit
d'éventail, un puits d'ombre s'ouvrit, et bâilla
devant nous une gueule de goule. Telles des
lucioles, les chandelles de résine portaient
prétentieusement leurs yeux aux ongles de
leurs mains de gloire, comme des limaces au

bout des cornes. Et à cette pensée nous prit
un subit frisson, que des marionnettes allaient,
par leurs lazzis, dérider nos fronts mornes, car
il semblait que sur une telle scène à la verve
des acteurs de bois dût applaudir la claque
d'os des maxillaires.

Ainsi qu'une araignée qui fauche, l'être
vague chargé de rythmer le branle des pantins badins griffa paresseusement de ses
doigts longs les fils pendus aux fémurs de sa
harpe : et grelotta soudain un galop clair de
grêle rebondissant de tuile en tuile.

Et de l'ombre inférieure surgit, des genoux
au sommet du gibus, très respectable et digne,
M. Achras, vaquant aux soins anodins d'un
collectionneur gâtisme. Des cristaux rangés
par ordre s'étalent sur les rayons de ses

bahuts, et reflètent aux glaces de leurs faces
le correct frac noir et la blanche barbe en
cerf-volant du rassembleur de leur foule rabo-
teuse. Et de ses lèvres carminées tombent
ces mots, exorde de la sanglante tragédie de
l'*Autoclète* :

ACHRAS. — O mais c'est qué, voyez-vous
bien, je n'ai point sujet d'être mécontent
de mes polyèdres : ils font des petits toutes
les six semaines, c'est pire que des lapins.
Et il est bien vrai de dire que les polyèdres réguliers sont les plus fidèles et les
plus attachés à leur maître ; sauf que l'ico-
saèdre s'est révolté ce matin, et que j'ai été
forcé, voyez-vous bien, de lui flanquer une
gifle sur chacune de ses faces. Et que comme
ça c'était compris. Et mon traité, voyez-vous

bien, sur les mœurs des Polyèdres qui s'avance : n'y a plus que vingt-cinq volumes à faire.

UN LARBIN *entrant.* —·Monsieur, y a z'un bonhomme qui veut parler à monsieur. Il a arraché la sonnette à force de tirer dessus, il a cassé trois chaises en voulant s'asseoir. *(Il lui remet une carte.)*

ACHRAS. — Qu'est-ce que c'est que ça ? M. Ubu, ancien roi de Pologne et d'Aragon, docteur en pataphysique... Ça n'est point compris du tout. Qu'est-ce que c'est que ça, la pataphysique ? N'y a point de polyèdres qui s'appellent comme ça. Enfin c'est égal, ça doit être quelqu'un de distingué. Je veux faire acte de bienveillance envers cet étranger en lui montrant mes polyèdres. Faites entrer ce monsieur.

M. Ubu *(bedaine, valise, casquette, pépin)*.
— Cornegidouille ! Monsieur, votre boutique
est fort pitoyablement installée : on nous a
laissé carillonner à la porte pendant plus
d'une heure ; et lorsque messieurs vos larbins
se sont décidés à nous ouvrir, nous avons
aperçu devant nous un orifice tellement
minuscule, que nous ne comprenons point
encore comment notre gidouille est venue à
bout d'y passer.

Achras. — O mais c'est qué, excusez : je ne
m'attendais point à recevoir la visite d'un
aussi gros personnage.... Sans ça, soyez sûr
qu'on aurait fait élargir la porte. Mais vous
excuserez l'embarras d'un vieux collectionneur, qui est en même temps, j'ose le dire,
un grand savant.

M. UBU. — Ceci vous plaît à dire, monsieur,
mais vous parlez à un grand pataphysicien.

ACHRAS. — Pardon, monsieur, vous dites ?...

M. UBU. — Pataphysicien. La pataphysique
est une science que nous avons inventée, et
dont le besoin se faisait généralement sentir.

ACHRAS. — O mais, c'est qué, si vous êtes
un grand inventeur, nous nous entendrons,
voyez-vous bien ; car entre grands hommes...

M. UBU. — Soyez plus modeste, monsieur !
Je ne vois d'ailleurs ici de grand homme que
moi. Mais puisque vous y tenez, je condes-
cends à vous faire un grand honneur. Vous
saurez que votre maison nous convient et que
nous avons résolu de nous y installer.

ACHRAS. — O mais, c'est qué, voyez-vous
bien...

M. Ubu. — Je vous dispense des remer-
ciements. — Ah ! à propos, j'oubliais : comme
il n'est point juste que le père soit séparé
de ses enfants, nous serons incessamment
rejoint par notre famille : Mme Ubu, nos fils
Ubu et nos filles Ubu. Ce sont des gens fort
sobres et fort bien élevés.

Achras. — O mais, c'est qué, voyez bien,
je crains de...

M. Ubu. — Nous comprenons. Vous crai-
gnez de nous gêner. Aussi bien ne tolèrerons-
nous plus votre présence ici qu'à titre
gracieux. De plus, vous allez aller chercher
nos trois caisses de bagages que nous avons
omises dans votre vestibule. N'oubliez pas
non plus de dire à votre cuisinière qu'elle a
l'habitude — nous le savons par notre science

en pataphysique — de servir la soupe trop
salée et le rôti beaucoup trop cuit. Nous ne
les aimons point ainsi. Ce n'est pas que nous
ne puissions faire surgir de terre les mets les
plus exquis, mais ce sont vos procédés, Monsieur, qui nous indignent!

ACHRAS. — O mais, c'est qué — y a point
d'idée du tout de s'installer comme ça chez
les gens. C'est une imposture manifeste...

M. UBU. — Une posture magnifique ! Par-
faitement, monsieur : vous avez dit vrai une
fois en votre vie.

(Exit Achras.)

M. UBU. — Avons-nous raison d'agir ainsi?
Cornegidouille, de par notre chandelle verte,
nous allons prendre conseil de notre Conscience. Elle est là, dans cette valise, toute

couverte de toiles d'araignée. On voit bien
qu'elle ne nous sert pas souvent.

*(Il ouvre la valise. Sort la Conscience sous
les espèces d'un grand bonhomme en chemise.)*

LA CONSCIENCE *(elle a la voix de Bahis,
comme M. Ubu celle de Macroton).* — Monsieur, et ainsi de suite, veuillez prendre
quelques notes.

M. UBU. — Monsieur, pardon ! Nous n'aimons point à écrire, quoique nous ne dou-
tions pas que vous ne deviez nous dire des
choses fort intéressantes. Et, à ce propos, je
vous demanderai pourquoi vous avez le tou-
pet de paraître devant nous en chemise ?

LA CONSCIENCE. — Monsieur, et ainsi de
suite, la Conscience, comme la Vérité, ne
porte habituellement pas de chemise ; si j'en

ai arboré une, c'est par respect pour l'auguste assistance.

M. Ubu. — Ah ça, monsieur ou madame ma Conscience, vous faites bien du tapage. Répondez plutôt à cette question : ferai-je bien de tuer M. Achras, qui a osé venir m'insulter dans ma propre maison ?

La Conscience. — Monsieur, et ainsi de suite ; il est indigne d'un homme civilisé de rendre le mal pour le bien. M. Achras vous a hébergé ; M. Achras vous a ouvert ses bras et sa collection de polyèdres ; M. Achras, et ainsi de suite, est un fort brave homme, bien inoffensif ; ce serait une lâcheté, et ainsi de suite, de tuer un pauvre vieux incapable de se défendre.

M. Ubu. — Cornegidouille ! Monsieur ma

Conscience, êtes-vous sûr qu'il ne puisse se
défendre ?

La Conscience. — Absolument, monsieur ;
aussi serait-il bien lâche de l'assassiner.

M. Ubu. — Merci, monsieur, nous n'avons
plus besoin de vous. Nous tuerons M. Achras,
puisqu'il n'y a pas de danger, et nous vous
consulterons plus souvent, car vous savez
donner de meilleurs conseils que nous ne
l'aurions cru. Dans la valise !

(Il la renferme.)

La Conscience. — Dans ce cas, monsieur,
je crois que nous pouvons, et ainsi de suite,
en rester là pour aujourd'hui. »

Le gnome harpiste sembla traîner se s
ongles lourds sur un gong de tôle ; et des hau-
teurs sifflantes du *si* retomba au-dessous de

l'*ut* caverneux le frémissement·des cordes.
Lentes, lentes, d'un mouvement invisible,
rampaient visqueusement sur la scène sans
plancher et précédaient Achras saluant d'effroi les trois caisses badigeonnées de sang de
bœuf, les trois caisses de bagages de M. Ubu,
juxtaposées et coalescentes comme les huîtres cramponnées à la même roche. Et soudain les trois, d'un hoquet convulsif bâil-
lèrent, et la trinité hirsute des Palotins jaillit
en un élan phallique.

Barbus de blanc, de roux et de noir, coiffés
à la phrygienne de merdoie, serrés en des
justaucorps versicolores, ils agitent leurs bras
placides, qui traversent en croix leur tronc
annelé de chenille. Ut ré do la, ré sol sol fa,
soupire doucement la harpe cliquetante ; et

les cordes d'acier se font douces, comme pour attirer les serpents hors des antres, les sons sourds et ouatés des flûtes de bambou. Ut ré do si, si la la sol ; et avec la légèreté circonspecte d'un hibou sautant d'un panier, les trois êtres posent au sol irréel leurs trois tronçons informes barbus de noir, de roux et de blanc ; cependant que leurs trois caisses, vides de ces trois perles, rabattent en un grand geste d'ennui et de regret leurs trois mâchoires d'huîtres.

Et le navré Achras regarde horrifié les apprêts paternes du paternel M. Ubu, qui graisse avec des précautions infinies un joli pal nickelé, portatif comme une canne à pêche, que les esprits dociles à sa science en pataphysique ont fait germer de terre ainsi

qu'une lance de glaïeul. Et, dans sa bonté,
il déplore de n'avoir point expérimenté —
pour épargner toute douleur à son bien-aimé
ami Achras — l'acuité dudit pal sur de
simples larbins.

Sol fa sol la sol, fa mi ré ut, ut ut. Une
chaise percée se place d'elle-même, pour le
plus grand confort du désiré patient, au-dessus du pal. Et les Palotins, plissant en gracieux sourires leurs museaux léporides, invi-
tent, courtois, M. Achras à s'asseoir.

Malgré la gravité de son âge, l'artificieux
Achras élude les menaces faites à son séant :
plantant au sol la poire de son crâne, il montre au ciel le fond de ce vêtement ingénieux
que les Gaulois appelèrent braies. Mais tel
qu'un mignon Henri III jouant au bilboquet,

de sa main herculéenne Ubu lance au zénith
la victime de sa basse férocité, que de peur
de chute le pal prévenant reçoit en posture
correcte.

Et pendant qu'échassier unijambiste, l'em-
palé tourne en sens divers, en une incons-
cience de radiomètre, et vire-vire dardant ses
yeux glauques, les trois Palotins, barbus de
roux, de blanc et de noir, dansent une ronde
à l'ombre de sa silhouette cristallisée d'X.

Sol fa sol la sol, fa mi ré ut, ut ut, si do ré
mi, mi, ré mi, fa ré ré ré, ravis, en leur cerveau obtus, d'avoir introduit un pal lancéolé
en la dernière figure des « lanciers », leur
danse chère. Et ils dressent comme des
antennes leurs oreilles diaboliques et frétil-
lantes.

Impassible toujours et monotone, grave comme un singe qui cherche poux en tête, le harpiste fait tomber de ses cordes chevelues les notes qui crépitent. Et tout à coup, à leur bruissement clair se mêle le strident bruit d'éventail de la grande aile rouge du rideau qui se déploie.

Et les chandelles de résine pleurent des larmes qui grésillent; et dans leur fumée d'encens regardent de leurs yeux troubles monter l'âme badine du navré Achras.

II

Phonographe

La sirène minérale tient son bien-aimé par la tête, comme un page d'acier serre une

robe. Le livre se ferme pour écraser les
mouches, 8 nimbés de gaze, abat-jour de
lampes charbonnées. Elle plaque ses mains
estropiées d'un geste brusque sur la droite et
la gauche de la tête de son amant passager,
et elle ne le blesse point, la vieille amoureuse, ni ses griffes ne l'écorchent : comme
au vent d'hiver les bouts de branches sèches,
le temps les a déclouées de son souffle froid.
Ses doigts ont roulé sur le sol en jeu de
quilles; paralysés, organes rudimentaires,
ils ont disparu; et comme aux chevaux
depuis le déluge, un seul os coiffé d'un seul
ongle. Elle ne le blesse point, la vieille
amoureuse, ni ses griffes ne l'écorchent : son
doigt unique, col de fémur dont un fourmi-
lier a lapé la moelle, greffe son érection

cordée aux tragus de l'écouteur. Sabot de
cheval, bec d'éguisier, piaffe et farfouille aux
tragus qui, pour le métal instillé, t'encor-
bellent cinq minutes : tes bourdonnements
s'étouffent au cérumen dont tu t'es oint
depuis des âges, copulant avec tout venant.
Et les deux noires sangsues pendent aux
oreilles de l'écouteur.

Ainsi elle le tient bien en face, la sirène
minérale ; et il doit voir ses yeux qui, si, nous
les voyions, nous paraîtraient... — Au dessous
d'un plafond vitré, dans une gare... Noires
monères mobiles et cahotées, se creusent et
cillent les orbites de la sirène minérale. Il
doit voir ses yeux et la voir toute, sa tête de
chaux blanche et si froide et ses deux uniques
bras de poulpe noirs et si froids. O le chant

des stalactites de cuivre appendues à son palais, et le bruit de fer rouillé du maxillaire inférieur qui se déclanche! O entendre le chant sublime de l'argonaute de porcelaine, que des déménageurs trop pressés ont laissée emplie de rouleaux fêlés de cordes de piano. La mandibule s'abaisse et se relève comme une touche, mais empêtre ses dents cassées au bris des cordes et des marteaux :

« O ma tête, ma tête, ma tête — Toute blanche sous le ciel de soie! — Ils ont pris ma tête, ma tête — Et l'ont mise dans une boîte à thé!

O la canicule des laques! — Le caramel de mes bras flasques — Qui montent, montent hors des draps moites. — O me plonger dans la chair fraîche.

O ma tête, ma tête, ma tête! — Sois mon oreiller dans ma boîte. — Dedans — Mets ta chair fraîche pour mes dents. — Ma tête, hibou économe — A grappillé de la chair d'homme — Et l'a mise dans une boîte à thé. »

La vieille sirène tombée au fond d'un lac pétrificateur, le chant des vieilles sirènes que la cristallisation paralyse, éclate et s'embrase comme un peu de poudre au contact des deux charbons de cornue qui brûlent de notes lumineuses les tympans de l'écouteur. L'ina-nimé froid se réchauffe et redevient mobile au contact de la chaude cervelle, à travers les oreilles percées de clous. Voici que les paroles se dégèlent par les airs de la mer boréale. La vieille sirène n'était qu'en léthar-gie, pas tout à fait morte, car la mort se prouve à la rigueur sanglée des maxillaires. Lève-toi, abaisse-toi, mandibule, et fais des

croix de ton bâton de chef d'orchestre. Bien
que tu sois femme, je vois sur le mur l'ombre
de ta barbe, comme un arbre miré dans l'eau,
comme un lichen sur une pierre, ou plutôt
comme un varech soudé à la bâillante mandibule inférieure de la nacre d'une huître
perlière. Chantez, stalactites de cuivre, dans
les cavernes sous-marines, rouillez vos cordes
d'acier au sel de la mer. Chantez toujours,
pour que celui qui vous écoute ne se détourne
pas. Mais il ne se détournera pas : la sirène
minérale tient son bien-aimé par la tête
comme un page d'acier serre une robe.

III

L'Art et la Science

SCÈNE I

Des hommes feuille-morte groupent autour d'un falot leur phalange de phalènes. BARBAPOUX *coryphée chante :*

HYMNE

Roule dans le gouffre, trône de Silène !
Roule dans le gouffre, autel de Bacchus !
Plonge dans le gouffre, maison de Diogène !
Sacrilèges ouvriers, dans l'humide et le noir
jetons les symboles de la philosophie et des
dieux antiques. Sous nos mains magiques,
l'humide et le noir s'épandent en libations
qui fécondent la terre. Et grâce à nous seuls

le blé germe et vit comme dans l'oubli des siècles par les champs des Pharaons.

Et, par notre art sans parèdre, l'Immonde est glorifié. Portons les vases qui puisent de nos mains artistes. Identifiés à notre Œuvre, plongeons-y jusqu'à nos genoux. Les flots de l'humide et du noir déferlent sur nos cnémides. Les vapeurs de l'abîme, brune tête de démon, s'élèvent. Mais d'en haut sur nous pleure joyeuse la lumière ; et dans notre ciel est un nimbe.

SCÈNE II

UBU

La sphère est la forme parfaite. Le soleil est l'astre parfait. En nous rien n'est si parfait que la tête, toujours vers le soleil levée, et tendant vers sa forme ; sinon l'œil, miroir de cet astre et semblable à lui.

La sphère est la forme des anges. A l'homme n'est donné que d'être ange incomplet. Plus parfait que le cylindre, moins parfait que la sphère, du Tonneau radie le corps hyper-physique. Nous, son isomorphe, sommes beau.

L'homme ébloui s'incline devant notre Beauté, reflet inconscient de notre âme de Sage. Et tous doivent à nos genoux, respec-tueux, brûler l'encens. Mais des gnomes plongés dans des gouffres sans nom blas-phèment notre Image, en souillant le sym-bole dans l'humide et le noir. Jaloux de notre forme auguste, vengeons-nous, privant de leur salaire ces ouvriers que nul ne voudra

désormais voir exercer leur art. Car dans
notre Science nous leur substituerons les
grands Serpents d'Airain que nous avons
créés, Avaleurs de l'Immonde;

Qui frémissants se plongent avec des
hoquets rauques, par les antres étroits où la
lumière meurt; et revenus au jour, comme
le cormoran esclave du pêcheur, dégorgent
leur butin de leur gueule béante.

SCÈNE III

BARBAPOUX, Mme UBU

Barbapoux. — O suis-moi dans ces lieux,
où sur les murs blanchis des paumes ont
gravé pour chasser les esprits de brunis pentagrammes; viens dans cet atelier où j'exer-

çai mon art ; aux dalles de tombeau, où le crâne se creuse avec ses deux fémurs ; qui nous promet l'oubli, le silence et l'oubli ; où la rouille qui ronge a rampé sur les murs et souillé les grimoires !

A l'insu du seigneur de ce manoir antique, du très bénin Achras, notre amour en ces lieux où sur les murs se gravent de brunis pentagrammes, vient chercher un asile. Et je t'offre mon cœur et je te tends ma main, où tu mettras ta main et ce qu'à ton époux tu volas de Phynance.

Voix d'Ubu, *en dehors, perdue dans l'éloigne- ment.* — Qui parle de Phynance ? De par notre Gidouille auguste et tubiforme ? Nous n'en n'avons que faire, car nous avons ravi sa phynance à l'aimable et très courtois

Achras; nous l'empalâmes et nous prîmes sa maison; et dans cette maison nous cherchons maintenant, poussé par nos remords, où nous pourrions lui rendre la part matérielle et vulgaire de ce que nous lui avons pris, savoir, de son repas.

Voix aigrelettes *(encore plus éloignées)*. — Éclairez, frères, la route de notre maître, gros pèlerin. Nous le suivons joyeux sans doute : dans de grandes caisses en fer-blanc empilés la semaine entière, c'est le dimanche seulement qu'on peut respirer le libre air. Palefreniers des Serpents d'Airain, c'est nous les Pa, c'est nous les Pa, c'est nous les Palotins.

Mme Ubu. — C'est M. Ubu, je suis perdue !

Barbapoux. — Par le guichet en as de

carreau, je vois au loin ses cornes qui fulgurent. Où me cacher?

Voix d'Ubu. — Kérubs du Tonneau suprême, illuminez-nous dans notre exode vers ces lieux où nous ne prîmes point encore siège. Herdanpo, Mousched-Gogh, Quatrezoneilles, éclairez ici!

Barbapoux. — Plongeons dans ces souterrains glauques.

Mme Ubu. — Y penses-tu, mon doux enfant? Tu vas te tuer.

Barbapoux. — Me tuer? Par Gog et Magog, on vit, on respire là-dedans. C'est là-dedans que je travaille. Une, deux, houp!

SCÈNE IV

UN ÊTRE *long et maigre, émergeant comme
un ver au moment où Barbapoux plonge.* —
Ouf! quel choc! mon crâne en bourdonne!

BARBAPOUX. — Comme un tonneau vide.

L'ÊTRE. — Le vôtre ne bourdonne pas?

BARBAPOUX. — Aucunement.

L'ÊTRE. — Comme un pot fêlé. J'y ai l'œil.

BARBAPOUX. — Plutôt l'air d'un œil au
font d'un pot de chambre.

L'ÊTRE. — J'ai en effet l'honneur d'être
la Conscience de M. Ubu.

BARBAPOUX. — C'est lui qui a précipité
dans ce trou votre immatérielle personne?

L'ÊTRE. — Je l'ai mérité, je l'ai tourmenté,
il m'a puni.

Mme UBU. — Pauvre jeune homme...

VOIX DES PALOTINS, *très rapprochées*. — L'oreille au vent, en rangs pressés, on marche d'une allure guerrière, et les gens qui nous voient passer nous prennent pour des militaires...

BARBAPOUX. — C'est pourquoi tu vas rentrer, et moi aussi, et Mme Ubu aussi !

(Descendunt.)

LES PALOTINS *(derrière la porte)*. — C'est nous les Palotins ! Nous boulottons par une charnière, nous pissons par un robinet, et nous respirons l'atmosphère au moyen d'un tube coudé ! C'est nous les Palotins !

UBU. — Entrez, cornegidouille !

SCÈNE V

LES PALOTINS, *portant des torches vertes;*

UBU

UBU. — *(Sans dire un mot, il prend siège ; tout s'effondre ; il ressort en vertu du principe d'Archimède. Alors très simple et digne)* : Les Serpents d'Airain ne fonctionnent donc point ? Répondez, ou je vais vous décerveler.

SCÈNE VI

LES MÊMES

BARBAPOUX *montrant sa tête*

LA TÊTE DE BARBAPOUX. — Ils ne marchent point, ils sont arrêtés. C'est comme votre machine à décerveler, une sale boutique, je ne la crains guère. Vous voyez bien que les tonneaux valent mieux que toute l'herpétologie ahénéenne. En tombant et en ressortant, vous avez fait plus de la moitié de l'ouvrage.

Ubu. — De par ma chandelle verte, je te vais arracher les yeux, tonneau, citrouille, rebut de l'humanité. Décervelez, coupez les oreilles!

(Il le renfonce.)

SCÈNE VII

(APOTHÉOSE)

UBU, *établi sur sa base.* LES PALOTINS
l'illuminent.

HYMNE DES PALOTINS

Brûlez, torches de mort ! Pleurez de vos yeux verts ! Ce que l'homme dévore, il lui donne la vie et l'unit à son corps. Ce qu'il rend à la terre, il le rend à la nuit. Pleurez, torches de mort !

Il le jette en des gouffres ainsi qu'en un Tartare, par des chemins tortus où la hâtive chute sonne des tintamarres. O chute dans la nuit, dans l'humide et le noir ! Le nimbe

4

de clarté qui brillait sur la nuit, le corps de
·l'assassin comme un écran le bouche. Pleurez, torches de mort, pleurez de vos yeux
verts!

BERCEUSE

Le grand portrait pendu au mur,
solaire sous sa tente obscure,

dans les plis du fantôme blanc
qui me couve hausse son front lent.

O que pâle est mon front lunaire
sous les étoiles septénaires.

Le portrait de mon front mural
a sucé tout mon sang qui râle.

Le vampire hume dans mon cou
et mes artères des airs fous,

cependant que les araignées
trottent de mes mains décharnées

avec leurs toiles de velours,
bagues où s'empêtrent mes doigts lourds.

Qui donc a caché sous ma glotte
un pipeau moisi de hulotte,

m'empêchant d'ouïr les navettes
tisser de mes cierges squelettes?

A leur pointe des papillons
ont des élytres de grillons

et s'en vont voler sur les fleurs
de la tenture de pâleurs.

Leurs ailes jaunes sont des tuiles
dont on bat les cartes mobiles ;

et du plafond qui dort très calme,
du plafond plat tombent des lames...

Puissent mes os rester intacts
dans leur fourreau de chair compacte,

rester intacts jusques à l'heure
où se débat le corps qui meurt,

où la peau fait comme une vitre
transparente à l'âme, et se vitre

l'œil de méduse à tentacules...
Des poulpes noirs autour circulent,

faisant des ronds avec leurs mains
pour figurer les lendemains.

Le cierge hausse son cœur qui pleure
de clepsydre me comptant l'heure ;

cependant que des Absalons
indifférents des rideaux longs

larmoient les pieds mous dans le vague...
Voici qu'une petite vague

mousseuse aux oreilles de lièvre
ou d'escargot vient sur mes lèvres,

et que mes narines de vœux
ont respiré des pastels bleus.

De mes genoux que le poids gonfle
se dégrafent mes pesants ongles :

très doucement je me déplie
comme un habit dans mon grand lit,

dont on verrait flotter les manches
au vent des cloches des dimanches.

Les sonneurs de leurs bras très las
abattront des cloches des glas...

Je vois leurs cloches sous les nues
bâiller des langues inconnues...

Dans le ciel où le jour s'efface
Splendit voilée la Sainte-Face...

L'OPIUM

Suçant de mes lèvres brûlantes de fièvre
le biberon lourd où dormait l'oubli, au fauteuil béant mes mains de cadavre se crispè-
rent, et mes yeux agrandis, besicles d'augure,
volèrent au ciel blanc où les chevauchantes
Walkures tournent dans les spirales sonores
des engoulevents.

Et mon corps astral, frappant du talon mon
terrestre corps, partit pèlerin, laissant en mes
nerfs un frémissement de guitare.

Et j'entrai dans une morgue immense, où
les morts dormaient en postures repliées, les
bras croisés, le mollet droit au talon gauche,
les têtes renversées sur les poitrines. Et des
travailleurs — étaient-ce des morts aussi, le
sais-je ? — les épongeaient, actifs, admirables.
Leurs grosses éponges sont des cervelles où
rampent des filets veineux. Et l'eau se fige
sur les morts glacés comme un gras vernis,
d'où émergent des cheveux herbus d'étangs ;
et l'eau se fige sur les dalles sans fin, et l'eau
ruisselle en murs transparents, et leur fait
des vitrines. Et quoique figée et glacée toujours, toujours elle court,

Et mon corps astral hâtait après elle ses
pieds de silence. Elle courait sans relâche,
montant ou descendant, sans souci des lois
de la pesanteur que pour s'entasser en masses
imposantes. Et je vis un endroit où les unes
sur les autres ses vagues montaient et se
surplombaient en éperdus escaliers lanques.
Et je me hissai aux marches, coudoyant une
foule sans nombre, foule d'émeute ou foule
joyeuse, sans glisser, combien que la glace
pleurât des larmes vertes, par l'escalier si à
pic que je l'embrassais comme une échelle.
Et au haut s'aplanissait l'eau perpétuellement
profonde, où des loutres silencieuses et de
muets rats d'eau tordaient les hélices de leur
queue. Et je redescendis, ennuyé que la foule
m'empêchât de les voir ; je redescendis em-

brassant les degrés de glace. Un tel froid se
vrilla jusqu'à mes os. Que les morts à mes
pieds, au bas des marches, me semblèrent tiè-
des et vivants, malgré leurs cils collés et leurs
lèvres bavantes et leurs narines d'escargots
fermés ; et qu'à l'horizon éloigné mon corps
terrestre me parut claquer des dents et serrer
dans ses bras sans les pouvoir réchauffer ses
côtes de stalactites. Et, descendu, l'escalier
aux marches de lentille m'aveugla de son
éclair jaune.

Et un employé poli qui lavait les morts
me dit : « Ne vous plaignez plus, il y a cent
ans que nous n'existons plus ; suivez le cor-
ridor en face, en comptant les années. Trente
ans plus loin vous trouverez une morgue où
les poètes ronflent, où des téléphones causent

aux morts à travers les parois de glace ; où par des guichets spéciaux les assassins reconnaissent. »

Et trente ans plus loin, tournant le bouton de cuivre, j'entrai dans une salle — telle un bureau de télégraphe — où un homme, la plume à l'oreille, m'ayant demandé ce que je désirais, à l'aventure, je répondis : « Je viens pour le mort n° 4.

— La preuve que vous l'avez tué ? Pas de papiers, pas de couteau estampillé ? N'importe, je me fie à votre air honnête ; au sixième guichet, touchez l'argent qu'il avait sur lui. »

Et, un papier bleu remis au caissier, le gousset tintinnabulant, je montai dans un des omnibus du pays de l'Opium ;

Qui s'évanouit sous moi devant une grande
cage, aux barreaux en allée de pins. Et là,
un grand aigle à tête blanche bénissait et
ramait tour à tour et tendait aux vents qui
ne soufflaient pas ses ailes infinies, et creu-
sait dans les ordures en gouttes du fond de
sa cage des sillons avec ses pennes de rasoir.
Et il virait sans cesse des yeux de noix de
coco sculptées, semblables à ceux adoptés
par les caméléons. Je ne vis point son perchoir, si enfoui sous les plumes de son ventre
qu'il semblait juché sur ses ailes comme sur
deux béquilles.

Et ma vue descendant de sa cage en
pigeonnier, éclaira d'un rayon, dans une
niche inférieure, un renne gambadant risible,

cramponnant à un perchoir ses quatre sabots
fendus. Ses bois en aigrette se relevaient
jaunes comme la huppe du cacatoës, et à son
perchoir, attaché par le cou, pendait un
ivrogne, chargé d'expliquer au public l'usage
de l'animal et ses propriétés. A réguliers
intervalles, quémandant à boire, il tombait
sur le sol et ronflait les yeux ouverts, insou-
cieux pour ses prunelles, des pieds fourchus
et des cornes effilées.

Négligent de ce banal spectacle, à peine
regardai-je les haies qui bordaient ma route
et leurs fructifères troncs moussus chargés de
symétriques chevêches, noires lamées de
blanc.

Or, j'avais dans les mains — depuis quel
instant? — un livre — écrit par moi, certes;

quand et comment? point conscience, —
où était prévu et rapporté, en gothique bleu
de ciel, tout ce que je devais voir, tout ce
que je devais penser dans la suite. Et les
lettres étaient des figures.

Sous les voûtes de la cathédrale je me
retrouve clamant des incantations bachiques,
et les cardinaux augustes me reprochent
cette inconvenance. Et pour mieux me con-
fondre, les voici soudain, évêques et cardinaux, diacres et sous-diacres, formant un
orchestre. Le pape bat la mesure, et les
cuivres grondent et les piliers s'amollissent
pour faire place aux manches des contre-
basses démesurées. Et l'hymne infernal
commence :

Peuple, auditez ma vocale angélie!
Ouvrez vos auditifs canaux!

Les murs s'écartent, les voûtes s'élèvent
comme des ballons dont on verrait l'intérieur,
et les colonnes poussent rapides pour soute-
nir l'étendue sans cesse accrue de l'architec-
ture titanesque.

Et prêtez votre oreille aux chahuts infernaux!

Ce cri, l'ai-je poussé? Toujours est-il qu'une
accusation s'élabore à grand orchestre, que
je suis condamné, et qu'avant de me saisir,
l'orchestre innombrable va m'éructer l'arrêt.
Les archets vers moi se pointent, et les trom-
bones mugissent contre mon tympan :

Ouvrez vos auditifs canaux.

Et l'on va me saisir, soudé où je suis contre une balustrade de chœur. Mes gants, ma canne et mon chapeau? où sont-ils? que je ne reste pas dans un pareil endroit. Mon pardessus? Bon, voici par terre mon corps terrestre. Une manche et puis l'autre, le voilà vêtu. Il n'est plus gelé, et à volonté les pieds l'un devant l'autre se placent. Me voici revenu à mon fauteuil primordial, et toutes choses sont en état, sauf mon narghilé à opium, qu'il m'irait de recharger.

LA RÉGULARITÉ DE LA CHÂSSE

I

Châsse claire où s'endort mon amour chaste et cher,
Je m'abrite en ton ombre infinie et charmante,
Sur le sol des tombeaux où la terre est la chair...
Mais sur ton corps frileux tu ramènes ta mante.

Rêve! rêve et repose! Écoute, bruit berceur,
Voler vers le ciel vain les voix vagues des vierges.
Elles n'ont point filé le linceul de leur sœur...
Croissez, ô doigts de cire et blémissants des cierges,

Main maigrie et maudite où menace la mort!
O Temps! n'épanche plus l'urne des campanules

En gouttes lourdes... Hors de la flamme qui mord
Naît une nef noyée en des nuits noires, nulles ;

Puis les piliers polis poussent comme des pins,
Et les torchères sont des poings de parricides.
Et la flamme peureuse oscille aux vitraux peints
Qui lancent à la nuit leurs lames translucides...

L'orgue soupire et gronde en sa trompe d'airain
Des sons sinistres et sourds, des voix comme celles
Des morts roulés sans trêve au courant souterrain...
Des sylphes font chanter les clairs violoncelles.

C'est le bal de l'abîme où l'amour est sans fin ;
Et la danse vous noie en sa houleuse alcôve.
La bouche de la tombe encore ouverte a faim ;
Mais ma main mince mord la mer de moire mauve...

Puis l'engourdissement délicieux des soirs
Vient poser sur mon cou son bras fort ; et m'effleurent
Les lents vols sur les murs lourds des longs voiles noirs...
Seules les lampes d'or ouvrent leurs yeux qui pleurent.

II

Pris
dans l'eau calme de granit gris,
nous voguons sur la lagune dolente.
Notre gondole et ses feux d'or
dort
lente.

Dais
d'un ciel de cendre finlandais
où vont se perdant loin les mornes berges,
n'obscurcis plus, blêmes fanaux,
nos
cierges.

Nef
dont l'avant tombe à pic et bref,
abats tes mâts, tes voiles, noires trames ;
glisse sur les flots marcescents
sans
rames,

Puis
dans l'air froid comme un fond de puits
l'orgue nous berçant ouate sa fanfare.
Le vitrail nous montre, écusson,
son
phare.

Clair,
un vol d'esprits flotte dans l'air :
corps aériens transparents, blancs linges,
inquiétants regards dardés
des
sphinges.

Et
le criblant d'un jeu de palet,
fins disques, brillez au toit gris des limbes
mornes et des souvenirs feus,
bleus
nimbes...

La

gondole spectre que hala

la mort sous les ponts de pierre en ogive,

illuminant son bord brodé

dé-

rive.

Mis

tout droits dans le fond, endormis,

nous levons nos yeux morts aux architraves,

d'où les cloches nous versent leurs

pleurs

graves.

TAPISSERIES

D'après et pour Munthe.

I

La Peur

Roses de feu, blanches d'effroi,
Les trois Filles sur le mur froid
Regardent luire les grimoires ;
Et les spectres de leurs mémoires
Sont évoqués sur les parquets,
Avec l'ombre de doigts marqués
Aux murs de leurs chemises blanches,
Et de griffes comme des branches.

Le poêle noir frémit et mord
Des dents de sa tête de mort
Le silence qui rampe autour.
Le poêle noir, comme une tour
Prètant secours à trois guerrières
Ouvre ses yeux de meurtrières.

Roses de feu, blanches d'effroi,
En longues chemises de cygnes,
Les trois Filles, sur le mur froid
Regardant grimacer les signes,
Ouvrent, les bras d'effroi liés,
Leurs yeux comme des boucliers.

II

La Princesse Mandragore

De sa baguette d'or, la Fée
Parmi la forêt étouffée
Sous les plis des ombrages lourds
A conduit la Princesse pâle.
Et par son ordre, le velours
De la mousse à ses pieds d'opale
A mis des mules de carcans.

Et sur sa robe des clinquants
Stillent des gouttes de rosée.
Et les champignons à ses pieds
Prosternent leur tête rasée.
Les lapins hors de leurs clapiers,

Les limaces, cendre d'un âtre
Pétri de boue et de limons,
Ont levé leurs fronts de démons
Vers la triomphante marâtre.

La Princesse reste debout
Comme un arbre où la sève bout,
La princesse reste rigide ;
Et, passant sur son front algide,
Tous les ouragans des effrois
Lancent au ciel ses cheveux droits.

III

Au repaire des Géants

J'en ai vu trois, j'en ai vu six,
Des Géants monstrueux assis
Sur les talus et les glacis
Et sur les piédestaux de marbres,
Avec leurs gros bras raccourcis,
Et leurs barbes comme des arbres,
Et leurs cheveux flambant au vent
Sur l'immobile paravent
Des murailles monumentales. —
J'ai vu six Géants dans leurs stalles.

Et sous leurs sourcils broussailleux,
J'ai vu — j'ai vu luire leurs yeux
D'or comme l'or de deux essieux
Tournant sous un char funéraire.

Ce sont six vaches qu'on va traire,
Rocs au lac de leur lait passant,
Les six Géants, pieds dans le sang.
Leurs doigts maigres, comme des torches,
Brassent le sang qui les éteint ;
De leur sang noir leur corps se teint,
Et leurs jambes comme des porches.

Et sur le cou du Roi Géant
Grimace un crâne de néant.
Pas de tête sur ses épaules.
Ses poings, branchus comme des saules,
Sont bénissants et triomphants,
Cierges clairs au repaire sombre.
Deux grandes ailes de Harfangs
Sur son cou cisaillent dans l'ombre.

Le Géant a planté son doigt
Dans un grand navire qui doit
Passer le lac de son empire.
Son doigt est le mât du navire.
Et des ours bruns courbent leurs dos
Sous leurs fourrures pour fardeaux,
Courbent leur échine de flamme.
La tempête en fait une lame
De scie ou des murs à créneaux
Ou des follets sur des fourneaux.
Ils rament sur l'eau bouillonnante,
Rythmant la danse frissonnante
Des bruns frisons de leurs toisons
Aux coups de fouet des horizons.

La Princesse pâle à la proue,
Les yeux aux dos de ses rameurs,

Voit tournoyer comme une roue
Un grand oiseau dans les rumeurs
Et les tonnerres du repaire.
Le grand oiseau vert au long cou
Tord ses ailes fortes, espère
Voler contre l'ouragan fou.
Dans le repaire un oiseau rôde,
Un grand pélican d'émeraude,
Toujours avec des efforts neufs...
Les vents mouvants en font des nœuds.

Impassibles parmi, très lentes,
Reines des épouvantements,
Voici ramper aux murs dormants
De grandes monères sanglantes.

LES CINQ SENS

I

Le Tact

Roulé dans une serviette comme dans un petit linceul la momie d'un singe, je l'emporte à travers l'ombre visqueuse dont mon passage écarte les rideaux mous. Et les muscles doivent se faire plus forts pour marcher dans cette obscurité, qui repousse les corps comme l'eau le liège. Mes pieds

6

reçoivent des dalles un frôlement douloureux,
et la lime du granit vient mordre les semelles.
J'étends les bras pour écarter l'ombre
jusqu'aux murs de la salle, et mes doigts se
heurtent à de longs cylindres irréguliers. A
droite et à gauche il faut ranger les os branchus, et parfois la main s'effraie au contact
flasque de poitrines desséchées : l'écorce des
momies tombe, par plaques, comme d'un
platane ; et peut-être vont s'attacher à moi,
émergées de ces arbres brunis, les dryades
squelettes. Mais leurs paumes griffues
m'épargnent. Il est toujours là, le Fœtus
qu'on m'a chargé de porter en place honorable parmi ses pareils ; et son corps, naguère
de nèfle ridée, à mes mains qui viennent de
palper des os donne l'impression douce de

l'émail. Et, fendant l'ombre de l'épaule ainsi que d'une proue, je l'emporte respectueux, accroupi dans mes mains jointes, comme un Bouddha de porcelaine.

II

L'Odorat

Je l'emporte à travers le tremblement sans forme et sans couleur de la poussière morte. L'air se hante d'esprits invisibles mais non immatériels : une poudre ténue monte des os en effluves et me précède comme la lumineuse colonne mystique. Les plis de la serviette où je l'emporte battent l'air de leur simoun ; et les trombes de sable irritées se retournent et m'étouffent. Les pas rythmés

sur les escaliers sans fin rythment la danse
des sables; et les atomes incubes viennent
tambouriner mes narines à intervalles réguliers, comme le flux d'une mer, et les corro-
dent de l'âcre brûlure de l'ammoniaque. C'est
l'accompagnement sourd d'une marche in-
dienne; et ballotté au bout de mes bras
inconscients, le Fœtus accroupi se tapit et
s'endort, bercé par la houle des dromadaires.

La sèche poussière tarit la gorge; j'ai dû
boire il y a longtemps, bien longtemps, boire
à longs traits une outre pleine. Car je la tiens
encore cette outre fripée, affaissée et racor-
nie dans mes mains; et des relents de choses
desséchées en montent. Au moins de l'air,
de l'air humide que me cache le ciel lourd de
ces voûtes impénétrables! Et la fenêtre

tourne son gouvernail dans la mer d'huile
noire. Tout est noir, les astres sont irrépara-
blement fuis du ciel, et le noir est absolu
partout, sans nul clapotement glauque.

III

L'Ouïe

Par la fenêtre ouverte le vent joyeux se
précipite, et passe sur l'ombre avec un frot-
tement grave, comme sur une corde de con-
trebasse. Il gémit en traversant les fourrés
et les taillis d'os que je devine à leur cliquetis
d'anche ; et la nuit enfermée dans les cages
à perroquets des côtes barytone, comme l'air
dans les tonneaux cerclés ou les cercueils
qu'on cloue. Il agite doucement les andouil-

lers feuillus d'un cerf gigantesque, et les frondaisons palpitent comme des ailes de tête de mort. Et les longues flûtes éoliennes des cétacés, séries de vertèbres rabouties par des viroles de cuivre, attendent qui joue. Des araignées qui délogent écorchent le sol de leurs petites griffes; et de tous ces bruits la perception est si nette, qu'on distingue encore parmi se tourner dans les orbites les yeux de néant des squelettes.

Dans la clef du bocal ouvert, le vent souffle oblique; c'est le son pur et liquide de l'alcool avec ses petites vagues. Et comme il m'est interdit d'allumer une flamme, je vais remplir ma mission dans l'ombre, avec un remords réel, comme qui va jeter de la berge aux profonds remous le pante qui passe.

Tels les otaries qui plongent, et à chaque
plongeon poussent un hoquet rauque, bou-
teilles noires qui s'emplissent, il tombe en
l'humide prison de verre. Et après un choc
sur le plat tremplin de la surface, il descend
doucement, doucement, comme un ballon
qui atterrit. Il me semble que je l'ai jeté dans
un puits, et que par lâcheté je suis fier d'avoir
la main assez forte pour fermer un puits d'un
couvercle cacheté à la cire.

IV

La Vue

Le falot bâille et souffle la lueur, et appa-
raissent les hauts plafonds et les murs nus;
et les marches des escaliers et leurs ombres

se détachent alternatives, blanches et noires comme un clavier. Et au détour du chemin circulaire se représente ce grand cerf où j'avais entendu souffler les vents. Derrière, à perte de vue trotte lourdement une meute de molosses squelettes, à qui instinctivement je livre passage. Béhémoths aux têtes bestiales, aux défenses en nombre divers, pressent leur troupeau ; mais l'on n'entend point cliqueter sur les dalles leurs sabots fendus, car des piqueurs invisibles les tiennent rivés au mur par des laisses et des carcans de cuivre. Des ceps de cuivre paralysent tous leurs membres et des liens de cuivre encore arrêtent sur ses jarrets éperdus le grand cerf qui détale devant eux, le grand cerf aux bois extravagants. Leurs orbites vides nous suivent comme le

regard circulaire d'un portrait trop photogra-
phique ; le léviathan décharné, « carcasse »
de Raphaël, se retournerait pour nous
mordre ; mais cinq mains de bronze jaillies
de terre commes des piliers de cathédrale
maintiennent rigide sa longue échine de
vaisseau qu'on construit. Les êtres sabbatiques
sont figés dans leurs convulsions : mais
l'homme a désespéré de clore jamais l'abîme
espion de leurs paupières. Et sur les murs
très clairs, derrière les minceurs des os, se
figent aussi les ombres, commes des décou-
pures collées de papier noir.

... Vraiment, s'il me semblait commettre
un crime, c'était bien à tort. Il s'est épanoui
dans son vase comme un bouquet qu'on
arrose. Et des bulles d'air, irritées et irisées,

sous la clarté crue de la lampe, restent
accrochées aux plis non encore défaits de sa
face. Ses paupières s'écartent, ses lèvres
s'ouvrent en un vague sourire. Il a emporté
de l'air aux oreilles comme un insecte d'eau
qui plonge. Ses yeux et sa bouche me
regardent de ce regard mystique dont vous
inquiète tel masque en pâte de verre. Mais
mes doigts maladroits agitent le vase, les
bulles s'envolent, et je reste béant devant la
figure bête de poupard de caoutchouc qui
s'étale.

V

Le Goût

Ma lampe a piqué de points clairs les dents des monstres les plus proches. Les effraies empaillées, sous leur masque de velours blanc percé d'yeux en étui de peigne, ouvrent leur bec de ciseaux. L'infini troupeau des quadrupèdes décharnés se couche comme un chien qui quête un os, et l'immense meute attend la curée. Les squelettes pendus par le crâne, immuablement droits et corrects, ouvrent sans bruit leurs lèvres jaunes en des sourires de gourmets, et les momies rapprochent leurs cagneuses rotules de

casse-noisettes bruns. Je ne suis que le
maître d'hôtel qui leur apporte inconscient
un hors-d'œuvre pour leur prochain sabbat
— car, en le cristal du bocal, sur la tablette
de l'armoire vitrée, déjà balloné d'alcool clair,
s'épanouit le Fœtus comme un gros fruit
des Iles.

L'HOMME A LA HACHÉ

D'après et pour P. Gauguin.

A l'horizon, par les brouillards,
Les tintamarres des hasards,
Vagues, nous armons nos démons
dans l'entre-deux sournois des monts.

Au rivage que nous fermons
Dome un géant sur les limons.
Nous rampons à ses pieds, lézards.
Lui, sur son char tel un César

98

Ou sur un piédestal de marbre,
Taillé une barque en un tronc d'arbre
Pour debout dessus nous poursuivre

Jusqu'à la fin verte des lieues.
Du rivage ses bras de cuivre
Lèvent au ciel la hache bleue.

LES PROLÉGOMÈNES

DE HALDERNABLOU

Écoutez ce que je vis suspendu sur l'étoile Algol
cependant que tombait la pluie de soufre, et comment
'aurais recueilli les pennes du poisson volant si je
ne m'étais attardé à écouter les quatre oiseaux symétriques devisant sur le calvaire.

Sous le ciel vert enfer les colonnades haussent de
leurs poings dont les veines s'éclaboussent en cha-
piteaux feuillus les dômes dont luisent les boucliers.
Sous la pluie de soufre et de bitume, la ville rail-
leuse ouvre ses parasols, mais bientôt les grandes
tortues aux pattes éléphantiasiques restent hébétées,
plantées sur le lac terne où ne se mirent point leurs
plastrons d'or.
Et par-dessus passent et repassent, ouvrent et

7

ferment leurs éventails les chauves-souris aux ailes de carton brûlé.

Et toujours la ville hausse ses poings de menace vers le ciel d'où l'accable son Ennemi. Mais Dieu n'accorde point à ses yeux son envergure qui tout traverse : bien loin au-dessous ses orteils ont pour bagues les filons de l'or souterrain, que le divin vendangeur écrase pour qu'en monte comme un parfum la lumière; bien loin au-dessus sa grande barbe balaye les nuages, et ses doigts quand il réfléchit dans la noire tapisserie firmamentaire percent des trous. Mais de l'étoile Algol — où j'étais monté d'un bond, pour contempler cette scène reculée dont l'image se perd comme les cercles qui s'éloignent d'une pierre qu'on jette à travers l'infini liquide — je vis son Phallus sacré, que les Indous appellent Lingam, ramper à travers un temple croulant. Il inclina sa tour d'ivoire, et son crâne naïf qui n'a point encore de suture sagittale, pareil à l'œil d'un caméléon albinos.

Et le grand Phallus, comme un serpent d'eau et surtout comme une galère à trois rangs de rames, glissa sur la nappe unie du bitume. Et la foule, aux-

pieds jusqu'alors soudés comme des mouches en un
pot de miel, s'écartant du monstre, rayonna dans les
éclats des mille pieds du scolopendre.

Et la voix céleste tomba lente et grave comme un
parachute : « Tous ceux périront, qui n'ont point
respecté mes lois ; ils périront, les mages, les divinateurs et ceux qui consultent les esprits de Python,
car ils ont violé la Norme ; et ceux qui s'unissent
aux bêtes, car c'est une confusion, et ceux qui ne
veulent point, telle que je l'ai créée, reproduire leur
race : car ma Règle les abomine. »

Et la pluie de soufre et de bitume tombait avec la
voix du haut des nues, couvrait la terre plate et
montait peu à peu comme une mer. Et les mages, les
divinateurs et ceux qui consultent les esprits de
Python et tous ceux que Dieu condamna, semblaient
dans la marée montante descendre très lents, ou
fondre comme un cierge qu'on pose sur un fer chaud.
Et comme le Phallus regardait l'un d'eux, le mage
pour l'écouter et retarder la mort intempestive,
releva sur sa tête et étendit sur ses bras les grandes
ailes de sa robe, abritant sous lui le sol contre
la pluie de feu et découvrant à mes yeux son

sexe, beau comme un hibou pendu par les griffes.

Et la voix de hautbois module : « Par moi et malgré moi périront ceux qui n'obéirent point à mon Maître et ne m'ont point conservé mon rôle ; ceux qui rêvèrent des sexes plus purs que ceux par Dieu sortis du limon, et inventèrent les dièzes et les bémols d'Eros, succédant au plain-chant brutal. »

Et honteux d'en avoir trop dit, honteux d'avoir pitié de ceux disparaissant dans le bitume ouvrant ses trappes, de ses flancs jaillirent soudain deux roses ailes de phœnicoptère — du moins elles me parurent telles à la lueur du feu liquide — et il monta tout droit, après avoir rasé la ville plongeante, planant comme un poisson volant.

Sans délai surgit au ciel un cormoran gris de fer, dont le corps lisse couvrait toute la ville, qui le poursuivit en courroux et après lui dans l'air de flamme monta toujours, jusqu'à ce que je ne les vis plus.

Puis je vis soudain comme une neige de grandes plumes tourbillonnantes, tombant du ciel et du couchant invisible, et que flaireront les groins marins des tapirs. Et je descendis pour marcher sur la

route où je savais que gisaient maintenant, dans la
vallée lointaine, les grandes pennes blanches et noires
belles comme des squelettes de baleine.

Je m'avançai vers la Croix d'Or. — César Antechrist vous dira. —

II

Vulpian et Aster s'assirent sur les rocs haut-ena-
mourés de leurs simarres. O la lubricité de leurs
yeux verts et le givre digital de leurs regards de
marronnier ! Vulpian et Aster ont dans leurs yeux
les bonnes joies des morts, violateurs du néant. Et
l'éventail de leurs yeux verts palpite comme les pal-
miers libyens.

VULPIAN. — Je te le dis, ce jour est le jour de notre
déshonneur mortel. Où sont les rideaux que nous
avons soufflés comme les fumées des arbres ?

ASTER. — Le vent aux trois mains a quintuplé son
fouet de sibylle. Verse tes doigts sur mes genoux
comme la trompe d'un éléphant mort. Le tonnerre a
dit : J'écrirai. Et il a mis son tricorne en tempête.

VULPIAN. — La Nuit et ses opaques épaules

d'ivoire a fermé mes yeux sans besicles. Aster, les genêts ont ramifié leurs fulgurites et petites fusées. Et les ajoncs ont fleuri comme des moules qu'on ouvre.

ASTER. — Les rocs ont reverdi, et le froid avare a remporté le caviar de ses œufs sous ses paumes. Pourquoi as-tu versé la nuit du reflet de tes dix phallus d'ivoire?

HALDERNABLOU

Appartient à Remy de Gourmont.

Dramatis Personæ

LE DUC HALDERN.
ABLOU, son page.
LA MÈRE.
LA VIEILLE.
LE PAUVRE.
LE PASTEUR DES HIBOUX.
LE CHŒUR, invisible et inconcevable (1).

(1) La voix du Chœur est celle des décors : de lichen stannique dans la Forêt, ou de cuivre tremblant : — d'escarcelle au Carrefour du Pauvre ; — viscérale sur le plafond vitré, d'amplitude et de mesure égales à la croissance des plantes indiquées ; — de phonographe ou d'ossements paralysés, liquide un peu, quand l'Œil de la Tête parle.

PROLOGUE

Avant l'aurore, dans la forêt triangulaire.

LE CHŒUR, *dont la voix s'éloigne.*

Sur la plainte des mandragores
Et la pitié des passiflores
Le lombric blanc des enterrements rentre en ses tanières.

Le sérail des faces de sable
Soumis au bois de nos sandales
Luit de l'or de toutes ses croix à nos paupières.

Le cuivre roux des feuilles mortes
Et la force des vieilles écorces
Sonne et bénit le glas très doux de nos retraites.

Rentrons : le jour bientôt se lève.
La cendre de la nuit achève
De fuir avec le sang coulant des sabliers.

Les cœurs perdent leur sang qui coule.
Le cerf-volant de nos cagoules
Suspend son spectre aux lointains comme des masques jaunes
                                              [d'effraies.

Que le mort dorme avant l'aurbre.
Que le mort dorme avant le premier pleur de la lumière.
Sur la plainte des mandragores
Et la pitié des passiflores
Le lombric blanc des enterrements rentre en ses tanières.

ACTE PREMIER

SCÈNE I

Une avenue. Un monument au fronton grec.

HALDERN, ABLOU

ABLOU. — De votre manoir le soir les esclaves au bord des routes. Les mains d'ombre sur ceux qui passent. Les cervelles écrasées sous les troncs d'arbres. Dans des bocaux avec de belles étiquettes ?

HALDERN. — Oui, Ablou.

ABLOU. — Et des squelettes derrière les portes obéissent, phalanges aux verrous. Et des caméléons vrillés autour des hauts dressoirs virent-virent au soleil leurs yeux comme des pénis de nègres?

HALDERN. — Oui, Ablou.

ABLOU. — Et jamais personne n'a visité votre manoir? Ni homme, ni femme?

HALDERN. — Le pont-levis — lui seul et le hibou remontent la mandibule de leur paupière de soie grise — a ses papilles vierges du sable des hommes méprisés, aveugles du seul Réel, le Surnaturel. J'aime en les femmes — carie et scorie que Dieu extirpa de la grille de leurs côtes — leur servilité, mais je les veux muettes. Dans mon alcôve sainte du

buis bénit des chauves-souris, quand en mes
bras elles parlent — plainte du thorax des
poupées aux doigts des colporteurs — quand
elles parlent, je les jette au pied de mon lit,
à l'auréole de veilleuse de la tête de mort en
sa caverne bâillante, qui m'écoute de ses
deux creuses ailes d'épervier blanches et
noires. — Hors du sexe seul est l'amour ; je
voudrais... quelqu'un qui ne fût ni homme ni
femme ni tout à fait monstre, esclave dévoué
et qui pût parler sans rompre l'harmonie de
mes pensées sublimes ; à qui un baiser fût
stupre démonial. — Quelque homme t'a-t-il
dit qu'il t'aimait. Ablou?

ABLOU. — S'il avait été assez hardi — j'aurais fouetté sa joue de mes cinq doigts de
pieuvre, ou tout au moins je l'aurais tué.

HALDERN. — Je t'aime et te veux à mes pieds, Ablou.

ABLOU. — Plaisanterie.

HALDERN. — Du nord, du sud, de l'est, de l'ouest, tous ont rampé autour de moi en étoile de sphinx accroupis. Tu es au-dessus des autres, tu deviendras plus vil qu'eux tous. — Et maintenant, tout est entendu, marchons plus loin.

SCÈNE II

Une chambre chez Haldern. Deux chevêches dans une cage.

HALDERN. — Mangez, mangez, le hanneton que je vous partage est bien vivant, et il tordait sur la pierre tombale les pattes et la queue d'une crevette luisante. — Ils se le

sont partagé en un baiser bizarre : au bec du
mâle les blanches dents triangulaires de la
scie abdominale stridulent, et sa femelle marmonne les élytres de pin décortiquées, sus-
pendues sur les moutons blancs des cœurs de
ses plumes comme des nacelles de tortue
frissonnantes et translucides. Zibou, Zibou,
embrasse-moi de tes pures lèvres de corne,
serre mes doigts de la faux quadruple de ton
gantelet. — Zibou, tu as chanté ! Je tordrai
sur ton cou de gauche à droite ton crâne
isocèle... — Mais non, ce que tu me prédis
m'évitera le remords. Zibou : je me souvien-
drai que tu as chanté ; car ta flûte s'est tue du
jour où l'on souda le cercueil de conserves du
mort dont la pierre a fait germer le hanneton qui agite le délire déraciné de ses pattes

Pensée, alourdis encore par notre corps trop de chair...

ABLOU. — La lumière sur le glauque dais horizontal.

HALDERN. — Marellé de plomb en damier, pan de vitrail abattu, les pas par-dessous s'y lisent de l'étage qui nous surplombe. Ils montent et descendent une échelle, les invisibles dont traînent les ombres. Une, deux ; une, deux ; les jambes s'allongent et s'accourcissent comme l'une après l'autre les cornes d'un limaçon alternativement aiguillonnées.

ABLOU. — Ici l'aiguillon recule les yeux de gloire.

HALDERN. — Ils montent et descendent les escaliers linéaires. Anoblepas des robes de femmes, sur nous passent déhanchés des

mouvements amiboïdes de corbeilles qu'on
cahote.

ABLOU. — Si c'étaient *réelles* des robes de
femme, ta misogynie... Nous nous sépare-
rons...

HALDERN. — Écoute !

ABLOU. — Un son vague et circulaire
comme des sphères de porphyre dont roulent
les rapports numériques.

HALDERN. — Écoute ! C'est le Pasteur des
Hiboux qui passe, que j'entends, qu'unis déjà
par plusieurs sens nous entendrons. La Fata-
lité du Subterrestre est sur nous.

ABLOU. — Partons, partons.

HALDERN. — Écoute ! (mon amour vaut
qu'on s'y intéresse, puisque les Apparitions
l'accompagnent...)

(Ils se promènent de long en large ; au-dessus, en majeure amplitude, oscillent et croisent leur zénith des ombres rondes, noires et dentelées.)

SCÈNE IV

LES MÊMES,
LE PASTEUR DES HIBOUX

Écrevisse coryphée en l'aquarium supérieur.

Le Pasteur des Hiboux

Strophe 1re (Pavot).

La volute
Des incantations
S'exhale en fumée et fuit hors des sept trous de ma flûte.
Or frisé des hiboux ocellés, nations
Des solitaires roux méditant sur les troncs
Des ormes difformes et le cuivre lunaire des pierres,
A mon souffle fermez les cymbales de vos paupières
Et les bagues aux doigts de la nuit de l'or de vos yeux
        [de tromblons.

Antistrophe 1re (Passiflore).

Double
A l'horizon la vision trouble
Des rideaux mous s'ouvrant des ailes des hiboux.
Cymbales
Aux trous ou aux clous des doigts de gloire,
Les tromblons de leurs yeux sur nous
Dans l'or ocellé de leur tête de ciboire.

Epode 1re (Drosera).

Il ocellera, le hibou,
Son biniou
Des éventails de pleurs mordorés de son cou.

— Strophe II (Fougère).

La suédoise ouate à ses doigts bouche et lute
Les polyèdres des orbites de ma flûte.

Antistrophe II (Agaric).

La volute
Du cou du hibou
Blute
L'essaim
Du van des étincelles
Des yeux nyctalopes de ses ailes
Lourd et si bruissant de malchus d'assassins.

Epode II (Mandragore).

Il ocellera, le hibou,
Son biniou
Des éventails de pleurs mordorés de son cou.
Il ocellera, le hibou,
Son biniou
Aux volutes
Des polyèdres des orbites de ma flûte.

SCÈNE V

L'avenue en sens inverse.

HALDERN, ABLOU, LE CHŒUR

HALDERN. — Ablou, embrasse-moi.

ABLOU. — L'obélisque et la colonne de la fontaine.

HALDERN. — L'araignée des préjugés n'a point encore de ses mandibules bénévoles coupé autour de toi sa toile de silence. Ne

pouvoir de l'être aimé recevoir une preuve
d'amour sans qu'il se croie humilié ! Veux-tu
qu'Après je te tende ma paume ouverte, où
de la pointe d'un couteau tu graveras les ocel-
lures d'un reliquaire avec quatre oiseaux d'or ?

Le Chœur. — *Le corps du fakir las, très*
las, se couche sur la route aux bordures de fer.
La cadence des monnayeurs fait envoler le spectre
réveillé du papillon noir plat comme le givre des
lampadaires qui pavonnent. Le corps du fakir
las, très las se couche sur la route aux bordures
de fer.

Haldern. — Ablou, embrasse-moi. Fra-
ternellement. Et assez de banalités.

Ablou. — Oui, car il faut faire et non dire.
(*Embrassé.*) — J'ai l'intention d'avoir beaucoup de duels.

HALDERN. — Comme moi : chute sadique des mannequins. L'épée en son rut sanglant.

ABLOU. — Ton tramway qui passe. N'oublie pas le livre que nous avons lu ensemble.

HALDERN. — Comme Francesca. — Adieu.

(*La trompe à gauche, même note que la chevêche.*)

ABLOU, *seul.* — Est-ce lui qui là-bas fait des bonds énormes, comme pour rattraper un retard inexpliqué? La rue dépavée par la pointe de ses orteils. Aux angles des pavés retournés on a broyé des pastels rouges. Là-bas le trapèze du livre ouvert sur le marche-pied. Il remonte. Pourtant — des soufflets insecticides aux éponges traînées des pavés ont insufflé la garance saupoudrante.

LE CHŒUR. — *Le corps du fakir las, très las se couche sur la route aux bordures de fer.*

ACTE DEUXIÈME

SCÈNE I

Un carrefour. Une grille. Un chalet devant où
transparaît la tête de LA VIEILLE.

HALDERN, ABLOU, LE PAUVRE,
LE CHŒUR

ABLOU. — Qu'est-ce là?

HALDERN. — Un crapaud barbu, vêtu,
mort raidi qu'on n'étendra point sur les dalles
des morgues — savoir les points des domi-
nos! Mais le corps est sur le nombre, et sur
le corps le jeu de patience de la vêture inha-
bitée. — Cul-de-jatte, beau du triangle de
tes jambes croisées et de l'horizontalité de
ton bras de fakir, la sonore alchimie du cui-

vre en ta patène de fer-blanc peut-être élec-
trisera l'aiguille descendante où ton poing
tinte les heures de misère.

(Il met un sou dans la sébile.)

LE PAUVRE. — Merci, madame.

*(Haldern abat d'un coup de canne son bras
ankylosé.)*

LE CHŒUR. — *Les os brisés, le fléau de la
main qui pend sous la cravache de l'androgyne.
Ha! ha! Les taupins monnayés qui ruissellent
et tressautent. Un baril de pois sur la pintade
du trottoir. Car tel sera par-delà les temps déserts
le cuivre sphérique de nos yeux d'espoir arra-
chés.*

LA VIEILLE *gardienne d'un water-closet
chante d'une voix grinçante de cigale prison-
nière :*

La belle dit à l'amant :
Entrez, entrez, bergerette;
Noire la langue muette,
Baiser de bouche qui ment;
Et des morts dans la brouette.

LE CHŒUR. — *Passons, passons, la pluie
viendra, pour un prétexte aux étoiles à se mirer
sur la terre.*

SCÈNE II

Un ciel noir.

ABLOU, HALDERN

ABLOU. — Vois, Haldern, l'étoile file, file
comme un hibou le feu aux plumes. De celui
qui voit une étoile qui file, tout souhait est
réalisé. D'agressif deviens victime, intervertissons les rôles. Haldern, je t'aime.

HALDERN. — Le souhait se réalise quand

avant que s'éteigne la fusée céleste dans le noir la main a dessiné un signe de croix. Ta longue main de caresses est restée dans la mienne. Comparons nos mains. La mienne est plus petite. Aussi large. J'ai une main d'étrangleur.

ABLOU. — Tu n'as point non plus fait le signe de croix.

HALDERN. — Qu'a besoin des intromissions divines celui qui peut tout par sa seule force? Viens, je veux que tous les jours tu fasses avec moi de l'escrime et tires au pistolet sur le vol horaire des chauves-souris. Je veux, après t'être avili devant moi, que tu puisses m'en demander raison.

SCÈNE III

La chambre d'Ablou.

ABLOU,
SA MÈRE, HALDERN, LE CHŒUR

Le Chœur

L'éclair allume sa lampe et l'éteint pour rire
Et l'enveloppe de son manteau de souris ;
Car devant Balthazar l'éclair fier vient d'écrire
En lettres de bave aux murailles du ciel gris !

La Mère. — Restez, Haldern. La pluie tombe, et derrière sa grille les éclairs gravent leurs Mané-Thecel-Pharès dans les nues. Restez dans la chambre d'Ablou.

Ablou. — Mais ce n'est pas une femme. (*La mère hausse les épaules et sort.*) Le jour où nous coucherons ensemble...

HALDERN. — Nous irons chacun de notre côté, nous irons chacun de notre côté.

SCÈNE IV·

La chambre de Haldern. — Mur, de gauche : sur un poêle blanc, dans une niche, une tête de mort sculptée monumentale; un lit,, un reliquaire au-dessus, une Madone dans l'angle. — Au fond : la croix de la fenêtre fermée d'un rideau et d'une table. — Mur de droite : la porte; pan de mur nu avec gant d'escrime exhumant trois doigts de l'ombre, une épée, un pistolet; la glace en regard de la niche; on y voit la tête de face. Lampe dans la niche, lampe sur la table, très basses.

HALDERN, ABLOU, LE CHŒUR

ABLOU. — Nous sommes assez forts tous deux pour pouvoir tenter l'ascèse. Ta beauté même devant mes yeux, mes yeux, mes mains et tous mes sens resteront comme des squelettes sous une dalle. — Haussons les lampes en éclats aveuglants. — Voici les cheveux dont j'ai moi-même sur ton cou coupé des boucles folles, voici les bras qui pourraient m'étouffer, que j'ai marbrés de mes griffes jalouses; voici la claire poitrine et les hanches d'androgyne, voici les pieds de fille et les rotules en as de trèfle qui devant moi n'ont jamais plié. Voici le sexe parfait en sa norme comme une panthère endormie. — Jusqu'ici plus que moi tu défies l'ascèse.

LE CHŒUR

La rôde, la rôde
Qui n'a ni pieds ni piaudes,
Qui n'a qu'une dent
Et qui mange tous les petits enfants.

HALDERN. — Assez ! De ses bras de balance
la croix d'or du reliquaire pèse le crime avec
nos résistances. Les cadres sont des orbites
qui luisent. Et là-bas dans l'ombre une image
de Sainte nous regarde, nous regarde malgré
elle, clouée au mur comme une effraie par
les ailes.

ABLOU. — Ne pouvais-tu le dire plus tôt ?
Que va-t-il nous arriver maintenant ?

HALDERN. — Hausse la lampe.

ABLOU. — Non, elle est calme et douce et
ne nous voit plus. — O ce bruit dans la rue.

HALDERN. — C'est un chariot chargé de
ferraille.

ABLOU. — Le bruit dure bien longtemps,
bien longtemps. Que va-t-il nous arriver
maintenant ?

HALDERN. — Ouvrons une Bible, je me
suis souvent bien trouvé de ce mode de divi-
nation. Ouvre et pose ton doigt sur le verset.

ABLOU. — **« Les portes de la maison
seront consumées par le feu... »** (1).

HALDERN. — Va-t'en.

ABLOU. — Adieu. — Je te souhaite de ne
pas avoir trop d'apparitions cette nuit.

HALDERN. — Ne descends pas encore la vis
interminable des escaliers. Je te donnerai une
lampe pour descendre. Les apparitions traversent les serrures fermées à clef, mais le
fer les partage en tronçons douloureux et les
fumigations des poudres absorbent la vapeur
diaphane des esprits. Tire mon épée. J'allume
la mèche d'un pistolet.

(1) NÉHÉMIE, II, 13.

(Une étincelle tombe sur un mouchoir qui brûle sur la table comme une lampe de mort. Silence.)

ABLOU. — Vite, je la remets au fourreau, je te hais trop.

HALDERN. — Je te méprise et j'écrase la mèche comme toi sous mon pied. Va-t'en.

ABLOU. — Adieu. Et par la vis interminable des escaliers parle-moi de palier en palier pour dissiper l'essaim des âmes mortes.

HALDERN. — Adieu. — Nous dirons ce soir une prière.

ABLOU. — N'aie pas trop d'apparitions cette nuit.

SCÈNE V

L'avenue.

HALDERN, ABLOU

HALDERN. — ... Tu es un bon serviteur.

ABLOU. — Assez !...

(Ils s'en vont chacun de leur côté.)

SCÈNE VI

La chambre de Haldern, les lampes éteintes.

LE CHŒUR, HALDERN

HALDERN. — *Chauve-souris,* doublure de sexe téntaculaire retourné, fourré de chevreuil, desséchant dans un grimoire sa main de gloire ; voile d'artimon aux quotidiennes

9

tempêtes crépusculaires ; ourson ou oursin ; buis bénit, laurier aux murailles ;

Arrête tes zig-zags d'éclair dont l'une aile soudain se casse.

Engoulevent, à la gorge luisante de crapaud en peau de Suède, aux griffes de palmier, oiseau des serrures et des toits — le martinet est une enclume de couvreur, inconfusible au vol sibilant de ta clef de ventouse ; —

Ecoute-moi.

Crapaud, aux paumes bénissantes d'astéries pentagrammatiques,

Protége-moi.

Hibou ocellé, tour debout avec deux hommes d'armes en aigrette jumelle aux créneaux et pour meurtrières un double nimbe cloué par son centre aux murailles ; nycta-

lope aux caves cymbales, mameiles d'or à la
pointe noire et cariée symétriques horizonta-
lement au-dessus du tétraèdre de ton sternum ; aux paupières de soie gris perle qui
clignent comme le flux et le reflux de la mer ;
 Conseille-moi.

Mygale, au triangle de ta toile isocèle éta-
gére, prunelles de verre ou gouttes de rosée
et pattes noires de luisant métal, épingles
dont je voudrais de mes doigts d'ivoire
détordre l'octuple grappin pour en transper-
cer ma chevelure de bismuth ;

Ferme la mort de mes cils au monde exté-
rieur, pour que je réfléchisse dans la nuit de
dessous mon crâne, silence seul troublé par
le pouls qui tousse des artères de mes yeux
sphériques.

(Le Chœur passe en ombres dans la lumi-
neuse projection obliquement pendulaire d'un
des yeux d'écorché de la tête de mort qui s'ouvre.
Phosphorescence des blanches rayures des ailes.
Chaque aile, dans la glace, est la fougère d'un
thorax aux nervures de côtes crispées.)

LE CHŒUR

Strophe :

La lune ombre de sang l'acier de son croissant.
Le stupre aux ongles tous deux nous marchons chassant
Devant nous les lampadaires en vol de grues
Par l'horizon tendu de noir des mortes rues.

Images de Saintes, vos paupières férues
Dans la chambre, de l'Acte à taire, applaudissant
Ironiques en clins éternels, noircissant
L'œil par l'étendue des rues parcourues...

Otez de devant notre ombre vos yeux de mur,
Comme d'un qu'on va piétiner rampant mobile
Le cheval des tramways révulse un nez obscur...

Les lampadaires luisent en angle passant;
La lune ombre de sang l'acier de son croissant...
Stupre aux ongles, tous deux nous marchons par la ville.

Le Livre de l'Acte passé
Sur les rails de fer roule et râle.
Dormez indéfiniment, ô mains trépassées;
Vous ne refermerez plus vos dents sépulcrales.

Antistrophe :

Là-bas fuit le regard des vieux crabes tourteaux,
Sur les ponts, sur le glas des cloches des bateaux.
Sur les toits perchent des oiseaux monumentaux.
Dos en angle des cercueils, mettez vos manteaux.

Mettez vos manteaux bleus et gris, toits centenaires.
Rhinolophes, au nez ferré d'argent, lunaires,
Voletez en signes de croix, noires monères,
Vol erratique des planètes septénaires.

Le livre m'a serré de ses pinces de fer
Mieux que les mortes mains n'avaient mordu ma chair.
O les lourds patins sur la glace vert enfer !

Il avait dit : Toujours ! — Jamais plus ! lui réponds-je.
— Et j'écrase la cervelle comme une éponge
Et la mémoire, dit le corbeau, bec de songe.

Sur les toits perchent des corbeaux monumentaux;
Les toits sont des cercueils qu'ont cloués des marteaux
Au ciel lunaire.
Vent,
Ne va pas soulevant
Le toit violet, sur le mur blanc au couvent :
Amour défunt, béni par le héron missionnaire !

Epode :

Le Temps sous les pandanus sonne son cor.
Le petit vieillard rit et grimace encor,
Tombant sous l'hallali torve des cuivrares.
Les caméléons dans leurs glauques simarres
Sont des vrilles de vigne au-dessus des mares
Et du tombeau vert des amours trépassés.
Sabbatiques rosses,

Evêques renversés chevauchant leurs crosses,
Les caméléons volent aux cieux lassés.

Or flambe et luit et chevronne au ciel d'opale
Entre ses longs doigts d'épervier de mains pâles
Aux cieux lassés
Le Livre au vol de corbeaux de ses signes trépassés.

(Le jet de lumière sur le lit dessine un disque
allongé de pâleur astrale, goutte d'eau au micros-
cope solaire, où rampent les ombres amiboïdes.
Haldern réveillé de sa méditation croise le regard
de cyclope de la tête calcaire.)

HALDERN. — Je le tuerai : car je le
méprise comme impur et vénal : — car la
beauté ne doit, à peine de déchéance, même
pour esclave élire qu'une beauté pareille ; —
car fier encore il faussera l'aventure ; — car
il faut, en bonne théologie, détruire la bête

avec laquelle on a forniqué ; — car... — Mais
depuis cinq jours déjà il ne répond point à ma
provocation. Serait-il lâche ? Plût au ciel qu'il
le fût, et ne pérît point comme cet autre page
que mon ami le Montévidéen lança contre un
arbre, ne gardant dans sa main que la chevelure sanglante et rouge, abusant de la supré-
matie de sa force physique. Mais non, il ne
l'est point et m'aime encore, et j'entends son
pas par cet escalier qu'il descendit pour la
dernière fois le... Quel jour ? Malédiction,
c'était le jour des Morts ! — Qu'il monte.

. . .

x

. . .

Tiens, je te le jette au pied de mon lit, tête
de mort qui bées avec tes ailes d'épervier ;

croise et serre tes ailes de fer comme Apega, épouse de Nabis, ou la Vierge métallique de Nürnberg. Enfonce dans sa chair tes plumes rigides. Crève ses yeux de tes cils collés, et marque sur sa joue le cœur renversé de ton os nasal! Courage, meunier, berce-moi au bruit régulier de tes dents. Les ongles de sa main crispée glissent et grincent sur ton front poli, mais ne paralysent point ta mâchoire ouverte. Les doigts tombent comme des chenilles d'un arbre brûlé. Il ne parlera plus — et c'est tout ce que je regrette en lui. Mais quelle parole comparer au rythme monumental de tes mandibules meulières?

X

ÉPILOGUE

Dans la forêt triangulaire, après le crépuscule.

LE CHŒUR

(Sa voix, d'abord morte presque encore et qui
murmure, de plus en plus tonne éclatante.)

Les hauts chapeaux des noirs Yankees
Confèrent au ciel oublié
Les trois piliers du Sablier.

La sieste des longs fémurs croise
Ses blanches X philosophales.
La pointe de nos barbes s'effiloque en la rafale.

Que la boule de nos cagoules,
Rose reflet au sang qui coule
Cherche le mort, momie en l'or du crépuscule;

Et les sabliers retournés
Sable en haut donnent au damné
La nuit entière avant les Juifs Errants par la nuit nulle.

Rempli le sablier d'albâtre,
Le cœur qui pleure ne peut battre.
Comme lui sous les ifs nos pieds d'ibis sur les marais.

Pleuvra la future lumière
Aux plombs de vitraux des forêts
Sur notre tâche de nécrophores coutumière.

Sur la plainte des mandragores
Et la pitié des passiflores
Le lombric blanc des enterrements sort de ses tanières.

(*Le Chœur,* QU'ON N'A JAMAIS VU, *blanchit*
le fond de son aube soufrée à ogives. Parais-
sant :)

Le lombric blanc des enterrements sort de ses tanières !

LES PARALIPOMÈNES

I

Pèlerin aux chemins célèbres
Dont des corps morts gardent les bords
Pour égrener dè leurs doigts forts
Le chapelet de mes vertèbres,

Le ventouse bourdon de ma main de vélin
S'est fait chauve de ses racines de gorgone
Aux rocs roulés chus de mâchoire qui marmonne
De géant trucidé pour mon tapis félin.

Quintuple chapelet ma main de saule sonne
Damnation de ses feuilles d'espoir, couronne
De lépreux cliquetant du droit serpent câlin
Dormant au déroulement des routes de lin.

Le sable du sérail soumis à mes sandales
Tourne à mes yeux ses yeux de croix gyrant aux dalles.
Le cadran s'est fêlé de l'église au frappant

Double regard à la lune, en la florescence
Du halo de brouillard ainsi que l'on encense
Des lampadaires hauts, plates plumes de paon.

Chute des dés de fer au long des toits pliés,
Des cloches pavant leur glas de mort pour la mienne.
Devantures des marchands de vin : oubliés
La conférence des falots rabelaisienne,

Le grand papillon noir afin qu'il n'appartienne
Aux masses de monnayeurs des chevaux liés
Ni de la corne des sabots en lourds piliers
Ricoche des pavés en glace aérienne.

Le vol s'est arrêté droit de la matité
De la noire cheminée au ciel ouaté.
Mais il me faut laisser des traces sur la terre

De la veuve sandale enchaînée à mon pied.
Des lampes, du ciel et du temps m'ont épié
Les inflexibles yeux rond nimbe au solitaire.

Je marche à l'horizon risiblement opaque
Au ricanement des cadrans. Et les bourdons
Ombres de pèlerins en file au ciel de laque
Frappent les gonds de l'horizon gardant ses dons.

La pluie est monotone en l'heure tombant : craque
Au plomb lourd de la pluie, ô Sablier qui vaque
Toujours, gonflant les épines des diodons.
Quand s'ouvrira le Jour qui s'épand en pardons !

Irradiés au fond de mer ou de ciguës
Vers qui tournant au vent je vire mes mains nues
Priez : déjà la pluie et l'heure avec son pleur

148

M'engrillent pour la nuit et le sommeil sans rêve.
Priez que mes désirs dorment : et j'aurai l'heur
Que mon âme qui meurt veuille me faire trêve.

Versé le plat reflet des barbes dans l'eau moire
Des ifs vitraux au ciel s'intersèquent les plombs.
O visage si rond de la ville, les fonds
Qui dédaignent les bras plongeurs ont ta mémoire.

Ramant rapide sous les durs remous, la gloire
Se dessine fuyant des falots aux talons
Remontés du liquide à l'air les échelons,
Voici sur l'horizon se dresser la Tour noire.

Tombés plongent les clairs carreaux de deux prunelles,
Les doigts de la fenêtre oculaire infernaux
De l'orbite ont jeté deux larmes parallèles,

Et de douleur la Tour huhule en ses créneaux,
Cependant qu'à son front les aigrettes jumelles
Raides au ciel de laque arment deux sentinelles.

II

Ne dressez pas vers le ciel noir la flamme de vos cheveux d'effroi quand le hibou tout seul et roi de ses lèvres de fer fait voir le rouge de ses tintamarres; quand les hiboux dans leurs simarres, aux yeux d'espoir, aux yeux menteurs, dans leurs simarres chamarrées, soulevant leurs ailes d'emphase, dardent leurs yeux de chrysoprase vers le ciel noir.

Éloignez de devant ma face ces yeux vert pâle deux par deux, éloignez de devant mes yeux ces pâles astres deux par deux, étoiles de mort qui s'effacent du tableau noir du ciel de moire.

Et vos cheveux de fer brillant, vos lourds cheveux aux reflets bleus sont attirés par ces aimants qui pendent du ciel deux par deux.

O ne dressez pas les cheveux comme sous mon bras triomphant, mon bras aux muscles de potence, la tête vierge de l'enfant dont le sang clair depuis cent ans fond comme la cire d'un cierge sur les trois lampes du silence. Un jour, maudit au regard fou, j'avais crispé mes deux genoux sur ses épaules. Et mes pieds virent leurs muscles en vols pliés battre comme les pleurs d'un cœur ou des paupières. Et je vis s'allonger son cou aminci comme un sablier, son cou dont les tendons partirent avec un bruit de boucliers percés par les clous des fanfares, comme des cordes de guitares sous les doigts qui les ont liées.

Et le roucoulement étrange de l'âme lancée de son cou parmi la phalange des anges siffla dans le ciel noir comme l'essor effeuillé des ailes d'une souris-chauve.

O que triste est le chant du hibou, qui hérisse les cheveux intelligents des hommes fous, et que mélodieux comme le roucoulement de ce cou, ou le crapaud flûtiste qui tourne au gré de ma plume de fer et de mon front de marbre blanc, ces pages de ses mains fidèles servantes, de ses mains blanches pareilles à des étoiles de mer à cinq branches.

Crapaud à la peau séraphique, ouvre ton ventre gileté de blanc, offre le noir interne de ton ventre au bec inassouvi de ma plume de fer. Abreuve de ta substance ma plume de fer, crapaud bon serviteur, pour que j'épanche un récit de mon front, utile à ceux qui le liront.

Tous les jours, enlacés amis, nous marchions laissant passer l'heure coulant des sabliers, géantes
fourmis, momies debout sur notre route. Et, les
caresses de ses mains sur ma peau blanche de satin
laissaient se convulser les serpents verts des spasmes.
Moi qui aurais voulu être assez affreux pour faire
avorter les femmes dans la rue ou mettre au monde
des enfants soudés par le front, je ne maudis point
ma beauté, mettant à mes genoux l'éphèbe prosterné,
et ce jour, crapaud bon serviteur, je te tolérai un
rival.

Et tous ces plaisirs n'étaient pas avant le jour où
sur mes pas la mort s'assit à son chevet le gardant
de son œil crevé et tissant sur son lit les fils de ses
mains glauques.

Les mourants regardent leurs mains. Les mains des
mourants sont des mondes. Les mains de ceux qui
vont mourir, gourdes et lourdes, sont fécondes en
lntins d'épouvantements sur les épidermes dormants.
Sur l'ivoire de leurs phalanges se livrent des combats étranges. Jusqu'à la fin des lendemains les anges

gardiens sont des anges corps à corps au serpent
d'Héden enroulés comme des bagues autour des
mains. Sous le frou-frou des serpents bleus les
mourants regardent leurs mains coulant comme un
fleuve d'opale d'un regard figé de faïence.

Les mourants regardent leurs mains. Leurs yeux
sont rivés à leurs mains et leur ouïe au chant du
hibou ; vous n'obtiendrez leur regard fou qu'en posant
vos mains sur leurs mains, en posant sur leurs mains
de fièvre une caresse de vos lèvres.

Les mains des mourants sont des croix. Qui les
souilla fut sacrilège. Mais c'est leur seul espoir contre
les Démons hâves.

L'éphèbe regardait ses mains. De ses mains péche-
resses seules je souffrais les caresses veules, et
j'avais repoussé sa bouche comme un grand papillon
macroglosse vers un bois louche. Et voyant remuer
ses mains, voici deux chouettes centenaires sur le
bois du pied de son lit que leur spectre noir embel-
lit, voici deux chouettes qui marmonnent de leurs
pures lèvres de corne, marmonnent et ne chantent

pas. Les chouettes retiennent le glas, près de tomber, deçà leurs lèvres.

« Elles n'ont point sonné ma mort, n'ont point sonné mon hallali, les deux chouettes au pied du lit, maigres comme des sycomores. Et la mort doit prendre une vie. Quand les chouettes sonneront ma mort, quand leur grasse langue dans leur bec battra comme un battant de cloche, livre à la mort la chanteuse noire. Pitié! voici jointes mes mains, jointes mes mains qui t'ont servi. La mort ne prendra qu'une vie. Sauve qui t'aime et t'a servi. »

Je tiens le pistolet brillant comme un cierge, avec lequel je coupe en l'air des fils de la Vierge; c'est avec le même sans doute, pour entendre leurs cris, que j'attendais les femmes et les enfants au bord des routes. Voici les deux oiseaux noirs chamarrés d'hiéroglyphes qui me font des signes. Ils font des gestes de leurs cous, des gestes fous qui incantent.

Et j'écoute dilettante le râle, prologue ouvrant le concert qui m'enchante : le râle est comme un train qui vibre au loin et surtout comme un cadavre dans un tonneau roulant de l'horizon jusqu'à mes pieds du haut d'une montagne. Et toutes les forces de

celui qui va mourir orchestrent ce râle sublime, et
ses yeux qui voient les lendemains sont fermés aux
deux oiseaux symétriques, mes frères, claquant du
bec et toussottant par avance sur le lit dejà funéraire. Et je ne suis point effrayé, sauf mon bras
droit qui tremble, mais je le tiens fermement de mon
impavide main gauche.

Il est aisé de tuer un hibou au pistolet : son beau
front noir brille éclairé de ses deux yeux, ronds
luminaires. Je les tuerai, quand ils chanteront, mais
ils se taisent et ne me font point peur : car il n'ont
rien dit, ou du moins que ces mots insignifiants sortis
de leur bouche de corne purificatrice sous leurs yeux
blonds qui me fixaient : « Il est là, qui tient son
bras. »

Ces paroles ouïes — nous étions quatre — deux
chantèrent, deux dormirent bercés, et à mon réveil,
seul humain sur terre, j'écrivis :

« Qu'il est doux leur chant! Qu'ils chantent bien
avec un mort et un vampire pour auditeurs. Deux
jours et deux nuits ils ont chanté, et les spasmes de
l'agonisant marquaient des pauses. Le couple a

chanté en mesure. D'abord le mâle a expiré un son
de flûte ou de hautbois, tenant une note toujours la
même. Et sa femelle un ton plus bas lui a répondu
de sa voix de velours. Où donc ai-je entendu ce
chant, depuis le jour où le cou rompu roucoula,
depuis le jour où du crapaud aux mains pentagrammatiques s'éteignit la voix, pour s'être plongé malgré mes avis dans un marais glacé? »

Hiboux, séraphiques hiboux, je ne puis désormais
entendre votre chant : le cadavre en putréfaction
empeste la chambre mortuaire, et il y a assez de
chair pour que l'odeur reste longtemps. — Je vous ai
pourtant octroyé à chacun un des yeux, rond dans
les griffes, pour salaire. — Qui donc a jeté dans ce
lit cette momie jaune, dont je ne puis séparer les
mains, jointes par un ciment plus dur que la pierre?
Il est épouvantable de ne savoir si oui ou non elle
me regarde. Hiboux! rendez-lui ses yeux. — Éternel, je te parle comme à un ami, et je reconnais que
tu peux me valoir; mais ajoute deux ailes noires aux
os forts de mes épaules pour que je poursuive le mâle
qui s'envole par la cheminée avec l'œil d'où pend le

nerf optique comme la queue d'un spermatozoaire.
Et pour ravoir le second de la paire dépêche après
sa femme le plus radieux et le plus rapide de tes
anges, qui envient ma beauté comme j'envie leurs
ailes rigides. — Hiboux, rendez-lui ses yeux — ou
soufflez dans leur conque votre chant suprater-
restre. Hiboux!... Hiboux!...

III

Il y a beaucoup de livres dans la bibliothèque
impersonnelle, et les murs, quand ils sont perpendi-
culaires au regard, sont de papier à lettre haut-rec-
tangulairement quadrillé. Vulpian dit au Prolétaire
à figure hexagonale où s'inscrivent les cercles de
deux yeux jaunes (je voudrais ces yeux dans ma
main, pour entendre le cri du soufre étranglé): « Y a
tant de livres dans ma bibliothèque, que — » Et la
conversation tiraille en tous sens ce mot « livres »
qui est à ce moment — et à ce moment seul il sait
pourquoi — pour mon héros d'une importance
capitale.

Retournant lui aussi cette phrase en tous sens, il
y démêle la présence au milieu de la pièce d'une
figure non inconnue. C'est la Recluse de la tour octo-
gone qui flotte sur le cri des paons. Pourquoi est-elle
si vieille et comme le cartilage du nez de ce fauteuil
à triple front surétagé? Ses mains pendent si bas
qu'on ne les voit pas. Son profil (Aster la voit toujours de profil) est noyé d'ombre et il vaudrait tout
autant qu'il la vit de dos. Mais non : car il perdrait
le phénomène inexplicable qui le tire par l'iris de
ses yeux avec un tire-bouton et dont je ne rappor-
terai que la constatation brève. Si son corps était
moins voûté, son profil serait d'une échasse, l'hypo-
ténuse de ses seins, malgré son âge, s'érige. Sachez
que les Hommes-qui-ont-de-coutumières-intuitions-
géniales ont découvert que cette érection des seins
est concomitante avec la mort proche. — La mori-
bonde elle-même le sait, car elle réclame des oreillers
dans le dos. A quoi bon, vieille insensée? L'angle
qu'ils forment avec ton sternum sera plus aigu, et la
mort viendra, bicycle d'os plus multiplié. Si j'avais
un rapporteur, je vous prouverais que le rapport
des deux vitesses est constant. N'importe, Vulpian

encastre deux oreillers derrière le dos strié de la
Vieille Femme.

Mais pourquoi le Jeune Homme les écoute-t-il
avec les deux Jeunes Femmes dans la pièce à côté?
— Vous allez voir, Centenaire Recluse, avant de
mourir, qu'ils nous écoutent. Et Aster ouvre la porte
d'un seul coup, après avoir tourné le bouton sans
bruit; et, l'énergie du bruit inutilisé restant force,
l'arrache des gonds, et la voilà qui pend à son annu-
laire comme une feuille de papier percé. Le Jeune
Héritier était bien derrière la porte, et il se retire sur
les talons en marmonnant une injure. Il se retire.
Comment se fait-il qu'Aster et lui luttent entrelacés?
Mais Aster le dépose sur le plancher — non sans
peine, grâce à la dureté de ses ongles et à la grande
facilité de l'anche battante du larynx humain à se
déclancher. — Il est tombé parce qu'il l'a bien voulu,
proteste le Jeune Homme. Assez de tout cela. Retour-
nons vers la Recluse : va-t-elle mourir et cracher?

Aster reste en bas. Il y aura des apparitions
(sachons moudre nos souvenirs sur la Pathologie du

Cerveau — mémoire ou volonté — en la Machine à
Décerveler de notre mémoire ou de notre oubli,
sinon la peur, purgatoriale vertèbre, s'épanouit au
crâne de l'enfer). Sa mère le nie. C'est en vain que tu
chercheras des apparitions sur la tablette proche de
terre, sous la table noire, où dorment les chaussettes
que tu y jetas avant tes pantoufles. Mais il y aura
des apparitions, clame le soutenant sa sœur en bas en
Ophélie. Qu'Aster ne reste pas dans la salle gaie près
de la rue, aux tuiles de garance, avec derrière l'écorce
des tapisseries tapies, chargeant le mur d'argent,
trois têtes de corbeau qu'on n'a pas retrouvées.
« Elle vient! Elle vient! clame la sœur d'Aster en
Ophélie, les yeux tout petits et la tête blonde en
arrière ; l'autre! Plutôt, viens ! » Elle a pris son frère
par le bras, où la lutte avec le jeune homme se mire.
Mais Aster n'enfonce point son ongle d'ivoire vert
sous un larynx — qui n'existe pas, dur comme une
pomme de pin ; — il ne la retourne point d'un seul
bras, la robe rigide en l'air comme une hache. « Fais-
la donc taire, crie-t-il à la porte de chêne, ou je Te la
rends étranglée. »

Aster lui ficelle le bras droit avec la jambe droite,
le bras gauche avec la jambe gauche, et pose comme
un soldat de plomb, sur les dalles luisantes, l'X de
l'araignée tétrapode.

« Ma sœur, s'écrie Aster soudain, romps de l'essor
de tes radius les fils de fer galvanisés qui chevau-
chent tes membres entrecroisés, comme une jaune
palissade au bord d'un jardin vert. Car si tu ne te
détaches pas, comment viendras-tu m'annoncer ce
qui se passe dans la chambre des rideaux? Je sais
que mon trisaïeul est mort, car *c'est sa chambre*. Et
voici un baquet de zinc, où j'ai versé l'huile bouillonnante de Saint Jean, qui flambe devant la fenêtre,
et les morceaux de zinc volent aux rideaux comme
les bulles d'air du fond d'un seau. Peut-être n'est-ce
là qu'un volètement loin de l'éventail de l'électricité.
Car nous sentons des commotions terribles dans nos
mains jointes. Et sans cesse et toujours les morceaux de zinc volent aux rideaux. Notre mère viendra
voir leurs matches verticaux, et ne sera plus incré
dule. »

Feuilletée par la maternelle approche la porte de
chêne, Aster s'écrie pour la seconde fois : « Veux-tu
t'en aller de ma chambre! J'ai un revolver dans ma
main, et qui partira sans nul doute. Je tâterai avec
sa balle comme avec un tentacule très précis, les
bruissements mobiles des ombres spectrales aux
murailles. Ou je percerai tout être vivant — veux-tu
t'en aller de ma chambre! — qui fraudera la jouis-
sance solitaire de MES apparitions. —

Car les voici qui commencent le défilé; et voici
que se lève tout droit, sur ma commode, le spectre
de cet ami, vivant pourtant encore, à l'air godiche...
Veux-tu t'en aller de ma chambre! L'œil du revolver
regarde aux rideaux l'invisible bruit de papier gris
froissé.

Sur la deuxième vitre à gauche se lève le soleil
de l'araignée nuptiale avec ses quatre pattes. J'allais
tirer... Veux-tu t'en aller de ma chambre... Je la cou-
vrirai d'un vase de cristal opaque, à manche spatulé,
semblable à une clochette d'élévation. Et je la verrai
pourtant, car le plancher est de transparent et blanc
verre... — Merci, tu restes et m'aides à rouler le lit
de fer à la courte-pointe brune loin du mur, car

jusque dessous l'araignée dévide le roulement de son
peloton tombé. »

Aster furette de ses yeux de pendule. Or voici le
larynx de la courte-pointe qui se soulève, et l'ina-
nimé qui parle obligeant, dénonçant en termes précis
l'itinéraire de l'araignée chue. Aster récite une brève
dissertation sur l'opportunité — voici les apparitions
Auditives survenantes, elles ne sont plus pittoresques
seulement, mais affolent les cheveux en rut — de
dissiper le Surnaturel par un Signe. Disparu il le
regrettera, mais il aura vérifié la valeur du signe...
« AV NOM DV PÈRE... » Le borborygme s'arrache de ses lèvres comme de l'anus d'un chien. Les
paroles de rêve étaient parlées avec la pensée rapide,
et maintenant il a dû mouvoir des lèvres de chair;
et pour cela rappeler son corps astral voyageant,
qui a dû ébranler les lèvres aussi rugueusement que
la pile un cadavre. AV NOM DV PÈRE. Le gong pro-
noncé flotte dans les airs en fumée stable, et le bras
du réveillé, ébaucheur du geste, soulève le drap
comme l'orteil vertical d'un géant mort.

Le réveil de cuivre bat sur la table noire. Aster le voit sans bouger, resté sur le côté gauche. Il est trois heures du matin, une horloge voisine a claqué trois fois ses dents de cuivre bleu.

Le 27 mars à trois heures du matin Aster a su avant tout le monde — et écrit, car sur sa table avec deux lampes éternelles brûle le crayon charbonné — que la Recluse était morte.

Et je l'ai su presque aussi vite que lui, par le Tatou, mon serviteur, qui rentrait par la chatière .de ma porte, cliquetant squelette à quatre pattes.

LES PROLÉGOMÈNES

DE CÉSAR-ANTECHRIST

I

PROSE (*Saint Pierre parle*).

Comme deux amants
La nuit bouche à bouche
Dispersent leur couche
De baisers déments ;
Tête du Ciboire,
Épanche en mon sein
Ton amour malsain.
Nomme-t-on ça croire ?
De mon Dieu jaloux,
Il n'est pas pour vous.

L'un me dit qu'il l'aime :
Ane du latin,
Il me cite même
Du saint Augustin ;
Plus ou moins notables
Épluchant des faits
Grattés sur les tables
Froides des cafés.
L'un me dit qu'il l'aime,
L'autre qu'il blasphème.

L'amant de son Dieu
A son nom qu'il jure
Dans sa bouche impure
En tout temps et lieu.
Dans un petit groupe
Le blasphémateur
Cite son auteur
Aux pages qu'il coupe.
Les blasphémateurs
Sont littérateurs.

Il me plaît répandre
Dans un lieu fermé
Comme au vent la cendre
Le sang de l'aimé.
Et j'aime qu'il rampe
Devant mon courroux;
Sa langue de Lampe
Lèche mes genoux.
Dieu permet encore
Que je Le dévore.

Mais il ne veut pas
Que l'on s'évertue
En d'oisifs combats;
Que l'on prostitue
L'amour éprouvé
A l'âme banale
Qui n'a même pas le
Chic du réprouvé.
Il s'offre à ma fête —
Pour que je Le prête?

De mon Dieu jaloux
Dont l'on fait un thème,
Il n'est pas pour vous.
La mode est qu'on l'aime ;
On en fait un sport.
On le prend peut-être
Pour un beau décor...
Comme une fenêtre
Fermons sur ma croix
Sa porte de bois.

II

Ubu parle.

« Quand j'aurai pris toute la Phynance, je tuerai
tout le monde et je m'en irai. »

LES POLONAIS ou UBU ROI.

CÉSAR-ANTECHRIST

ACTE PROLOGAL

Le versant de la montagne. A gauche (du spectateur) SAINT PIERRE tiaré aux ceps de ses clefs dans le pilori de jaspe triangulaire de TROIS CHRISTS RENVERSÉS. Au fond, un peu à droite, une Croix d'or surmontée d'une cassette couronnée, scellée des griffes d'un Coq endormi. Quatre Oiseaux d'or aussi sur ses bras.

SCÈNE I

SAINT-PIERRE-HUMANITÉ, LES TROIS CHRISTS

SAINT PIERRE *(vu de dos presque, les yeux à gauche).* — Le Juif-Errant parcourt l'Univers, le Pape siège au centre de sa toile. Je suis comme un grand arbre où un polype sous le bleu de l'air liquide.

LE CHRIST VERT. — Sur toi, Pierre, t'a dit avant les Temps ma voix de bronze, j'ai bâti mon Église.

(Le pilori tourne d'un tiers.)

SAINT PIERRE. — J'ai renié Dieu à trois reprises, et par mon reniement, triple foi, j'ai créé cette trinité renversée dont les bras amoureux m'étouffent. Christ de l'or sculpté d'Hermès trismégisté, dont la natte chinoise rampe où germèrent-pénultièmes les racines du Christ d'avant l'histoire, pourquoi n'as-tu point dans ta chute architecturale écrasé ma lâcheté de blasphème ?

LE CHRIST D'OR. — La joue droite souillée, tendez la joue gauche.

(Le pilori tourne.)

SAINT PIERRE. — Trinité de Parques, vous

avez filé mes jours. Vous me protégez de la cage lancéolée de vos trois pals. Vous vous hérissez contre les glaives du monde pour moi qui vous livrai aux soldats.

LE CHRIST BLANC. — Aimez-vous les uns les autres.

SAINT PIERRE. — Avant que le coq chante, vous m'avez béni. Avant que le coq chante, je vous ai reniés trois fois. Christ Vert, semblable à la poignée d'une épée ternie ; Christ d'Or, momie de ma première idole ; Christ d'Argent, presque séculier, squelette qui s'effrite et au chant du coq tombera en poussière... vos étreintes sont trop passionnées, je sens que vous allez me quitter.

Christ d'argent, j'ai fleuri autour de tes os comme la Méduse qui sortirait de la mer si

le tuteur des longs fémurs lui était prêté ;
Christ d'or, tu m'as clos le monde de ton
réticule lumineux ; Christ d'or, Christ d'argent, Christ de bronze, vous m'avez identifié
à votre paradis fermé ; le gardien s'est adapté
au mur de la porte du jardin, comme un fruit
ou un fœtus au verre de sa prison. Tes disciples
sont des oiseaux timides. Christ d'or, Christ
d'argent, Christ de bronze, vous vous étiez
fondé un trône durable, car votre peuple ne
pouvait subsister sans le pasteur-qui-défend.

(Le pilori tourne trois tours silencieux.)

SCÈNE II

SAINT-PIERRE-HUMANITÉ,
LES TROIS CHRISTS, LES OISEAUX D'OR.

SAINT PIERRE *(face à la croix)*. — Calvaire et reliquaire des oiseaux d'or, étal du brocanteur des supplices, j'ai trois fois jeté de votre trône mon Maître, qui voit avec six yeux renversés le triomphe de vos ailes de casque, et abrite contre vous et vos ricochets stellaires ma face des parasols des Sciapodes. Que mugiras-tu, Oiseau, de ton front de trapèze et de tes cornes horizontales?

LE DEUXIÈME OISEAU D'OR *(dans l'espace, de gauche à droite, non dans la succession verbale*). — Je suis le Tau, le protecteur des anciens Mages; et même après qu'ils m'ont renié, allant adorer, guidés par l'étoile au regard aimé dont ils obscurcirent de trois grains de poussière la traîne de comète, leur futur ennemi; j'ai combattu pour eux : je me suis fait le maillet qui L'a cloué sur le tronc d'arbre; je me suis fait le tronc branchu où s'est déchiré Son corps; j'ai étendu mes bras pour qu'on y écrasât les Siens; et changeant ma forme immuable pour Le dominer vaincu, j'ai poussé au-dessus de Sa tête mon front où dort le Coq maintenant, le Coq à la queue en croissant.

(Le pilori tourne.)

SAINT PIERRE *(après une révolution complète)*. — Troisième Oiseau, à la face ronde, dont les yeux huhulants luisent et dansent dans l'ombre du fût vertical et qui traces le cône incliné de la projection de mes révolutions régulières : que le vent apporte ta plainte au passage momentané de mon orbite parallèle à l'horizon.

LE TROISIÈME OISEAU. — Je suis le Ciboire ; je lève ma griffe d'or où Son corps se lacère, attendant que les hommes. Le reclouent sur ces branches où est mon nid, pour arracher avec le croc de mon bec, de ses yeux d'extase la flamme maudite.

(Le pilori tourne.)

SAINT PIERRE, *après un tour*. — Dernier animal perché, tu n'as point parlé ; je t'ai pris à tort pour un oiseau, et une langue anthropinement grasse ne se meut point,

semblable à un bonnet phrygien, dans le
bivalve de tes lèvres. Tu es un scarabée qui
trembles comme un cerf à l'hallali ; tu es un
scarabée qui pleures comme un cerf au
couteau servi ; tes fines antennes courbes
frémissent au vent, et j'attends que des mots
bruissent à travers tes élytres, dans le sens
des banderolles de la brise.

(Le pilori tourne un tour entier silencieux.)

LE SCARABÉE. — Je suis la Pince et les
Tenailles qui déclouèrent le Corps divin ;
éclaboussé par Son sang qui rachète (Son
sang et non mes pleurs joncha ce sol de ses
pétales), je lui pardonne, à Lui qui a fait
pénitence et le fera bien plus encore.

*(Le pilori tourne deux tours silencieux ; —
l'aurore commence à lustrer les poils fauves de*

la Croix; — le Coq se réveille et hérisse ses plumes.)

LE CHRIST D'ARGENT, *face à la Croix d'Or et semblable à son reflet sur un marais.* — César.

(Le pilori tourne.)

LE CHRIST DE BRONZE. — César.

(Le pilori tourne.)

LE CHRIST D'OR. — César!

LES TROIS CHRISTS. — César-Antechrist, ceux qui vont mourir te saluent.

SAINT PIERRE. — Maître, Maître, pourquoi m'abandonnes-tu?

LE CHRIST D'OR. — Le jour et la nuit, la vie et la mort, l'être et la vie, ce qu'on appelle, parce qu'il est actuel, le vrai, et son contraire, alternent dans les balancements du Pendule qui est Dieu le Père.

(Le pilori tourne.)

SAINT PIERRE. — Maître, Maître, pourquoi m'abandonnes-tu?

LE CHRIST D'ARGENT. — Le jour et la nuit, la vie et la mort, l'action et le sommeil. Dieu a sommeil.

(Le pilori tourne.)

SAINT PIERRE. — Maître, Maître, pourquoi m'abandonnes-tu?

LE CHRIST DE BRONZE. — Les hommes ne veulent plus d'un paradis fermé. Le nouveau souverain les fouaille en liberté. Les clefs seront perdues et l'on n'ouvrira plus. — César!

(Le pilori tourne.)

LE CHRIST D'OR. — César!

(Le pilori tourne.)

Le Christ d'Argent. — César-Antechrist, ceux qui vont...

Le Coq chante : — *Fiat lux dici!*

(Les trois Christs spectres et les clefs s'éva-nouissent.)

SCÈNE III

Saint-Pierre-Humanité, les Oiseaux d'or, le Soleil roulant lentement de droite à gauche sa tête dentelée, entrant avec les sons de la Corne en terre rouge du Héraut, puis le Héraut, le Roi éclairé assis sur une colline; la Foule jusqu'à l'horizon par la verdure.

LA CORNE DU HÉRAUT.

Pouls dans le vent, pouls dans la mer, pouls sur la nuit qui fuit!
La toux du pouls de mes artères bruit.
Les cornes des piliers forent leurs graminées
Comme les cors vrillés d'Ammon d'en haut sonnés.
Cloisonnant ton cœur de son marteau doux

Bergère d'Ammon, d'en haut tonne et bruit.
Sur le vent, la mer et la nuit
Le
    Pouls.

LE HÉRAUT. — La vie a conçu dans un happement convulsé celui qui la détruira. Écoute l'hallali de la vie par les cors de mort sonné dans les bois. La vie a conçu la mort, et le Christ répandu ses dons sur celui qui le rependra.

LE ROI. — Sonneur de la naissance de l'Antechrist, ainsi le fils succède à son père, et les corbeaux desservent les pantins et les potences.

LA CORNE

Les oursins ronds ont hérissé leurs crins.
Les chevaux de mer de leur crinière de fer se creusent les

Et la rafale tonne et tord les cors et les cornes.
Voici le vol griffu des hippocampes au lieu des cornes d'Ammon.
Lourd sur le vent, lourd sur la mer, lourd sur la crête
Des bruits
Tapi dans les feuilles comme grimpe un menteur loup-garou
Le
    Pouls.

LA FOULE. — Nous avons vu un arbre fendu qui marchait... Et ses cuisses se fermaient et s'entrecroisaient comme des ciseaux. — Milon n'y fût point resté pris, mais la terre aurait sucé ses dix doigts de museaux. — L'Antechrist est né comme Adam : à trente ans, et avec des pommes dans ses mains belles.

LA CORNE

Pouls dans la vie et sur la mer hors de la nuit,
Hors du sommeil et par le bruit.

Mort pointillée en repos qui survit
Où soupçonne et bout et tonne partout
Le

    Pouls.

SCÈNE IV

Nuit. — SAINT-PIERRE-HUMANITÉ déchaîné et SON
   REFLET dans l'eau qui remplit le gouffre de jaspe
   creusé des trois Christs du pilori.

SAINT PIERRE. — Seul !

SON REFLET. — Seul.

SAINT PIERRE. — Sans appui, sans barreaux.

LE REFLET. — Sans cage, sans maître.

SAINT PIERRE. — Écho contradicteur qui
jumelles mon être en un Pape de tarots, que
faire ?

LE REFLET. — Marche.

SAINT PIERRE. — Que faire?

LE REFLET. — Prends le bourdon de ta crosse et marche.

·SAINT PIERRE. — Ma barbe a été la girouette du quadrangle de tous les vents. Quel suivre?

LE REFLET. — Marche à la croix de cuivre.

SAINT PIERRE (*fait un pas en avant et recule*). — Le gong de ma crosse sonore rappelle aux convenances étiquetées l'humilité de mes mules qui se plaquent insolentes sur la joue auguste de la Terre. Au bruit de mes pas trop hardis, deux chevaux à taille de mastodontes, blottis dans une fente des marches du Calvaire, vont-ils s'enfuir, et là-bas là-bas peu à peu s'amoindrir, et devenir petits comme des chevaux terrestres, jusqu'à ce qu'ils me soient cachés par le vol des collines de pierre retombant autour de moi, par leurs sabots sonores détachées de leur couche l'horizon ?

(Au son de sa voix libre, les oiseaux s'en-
volent, sauf le premier, endormi en la posture
d'une fleur de lys.)

LE REFLET. — Touche la croix d'une main ferme et sans déraison.

SCÈNE V

SAINT PIERRE, qui s'est avancé d'un pas avec SON REFLET symétrique acolyte sous le sol luisant humide ; LA FLEUR DE LYS.

SAINT PIERRE. — La Couronne d'Épines a fructifié en la couronne d'or gemmé qui encerclait chacune des dix têtes de la Bête.

Réveille-toi, fleur de lys dormante, digne de régner sur mon être, puisque tu n'as point eu peur de moi en ton repos indifférent. Cette cassette couronnée est-elle le berceau de l'ovule fécondé d'où naîtra le Souverain futur ?

LA FLEUR DE LYS. — L'homme ne naîtra plus, ni du sperme ni du sang ; par scissiparité nous multiplierons les cadavres, qui font belles les plantes à l'envol symétriquement infernal et céleste. Les hommes sont le Milieu, entre l'Infini et Rien tiraillés par les anses d'un zéro. Et quant à cette cassette, l'apôtre qui à la Porte Latine fut oint d'un sacre d'huile bouillante y écrivit : « *C'est ici la sagesse : que celui qui a de l'intelligence compte le nombre de la Bête ; car c'est un nombre d'homme, et ce nombre est six cent soixante-six.* » — Julien est mort depuis plus de mille ans, déchiffre un nombre nouveau.

SAINT PIERRE. — Fleur pure, qui seule t'épanouis sur cet arbre de la greffe des supplices, d'où sortira cet homme s'il ne nait ni du sperme ni du sang?

LA FLEUR DE LYS. — Il existe dans cette couronne, dans toute couronne, crâne foré par la chute du zénith, est un cerveau. Cette couronne, corbeille sur la croix, est la plus haute, et rien ne peut la dominer. — Ce n'était point un Coq qui la scellait de ses griffes; ce n'étaient point les croissants parallèles des plumes de sa queue sous lesquels rampaient les étoiles, c'était le croissant lunaire.

Et s'il te faut un miracle pour croire (je te
sais pourtant triplement crédule, car tu as
renié trois fois), je m'envole, regarde ton
maître.

SCÈNE VI

SAINT-PIERRE-HUMANITÉ,
CÉSAR-ANTECHRIST,
LES TROIS CHRISTS, LES CINQ
ANIMAUX AILÉS

(La Croix couronnée baisse ses bras et marche vers
Saint Pierre prosterné.)

VOIX SOUTERRAINES DES TROIS CHRISTS. —
César! — *César!* — CÉSAR! — Ceux qui
sont morts te saluent.

LE CHRIST D'ARGENT, *de sa voix grêle.* —

Que le scepticisme, crédulité bourgeoise, ne s'indigne point d'entendre parler les morts : sur votre sol local renversés, pour les Antipodes nous nous érigeons debout.

LE CHRIST D'OR. — Symétrique au-dessous de mon grand méridien, César-Antechrist, tu n'es que mon reflet dans la banale vision humaine.

VOIX SORTANT DE LA CROIX. — Si je ne nais souverain égoïste, sadique et jaloux, le médiocre essaiera mon œuvre et ne t'enfoncera qu'au centre. Tu seras néant et n'auras point de sens ni de direction.

LE CHRIST DE BRONZE, *de sa voix de glas.* — César !

CÉSAR-ANTECHRIST. — Fourmilion sous la double voûte de mes pieds, nuages de l'as-

cension de ton sable, les littérateurs sans
génie ni talent parlent de toi. En dehors
d'eux, tu ne peux qu'être exprimé par leur
verbe. Je suis le souverain miroir qui te
réfléchis : tu me pénètres et c'est pourquoi
je suis ton contraire. Et avec ma ruse per-
verse je te dis, te tenant renfermé en moi :
c'est toi qui est mon contraire et qui me
réfléchis. Je suis le souverain Mal, et tu es
le Bien suprême. Que l'homme n'écarquille
pas ses yeux, qu'abandonnent leurs crémas-
tères : la stupidité de ces théories est vieille
comme Ormutz et Ahriman. L'homme est la
ligne d'écrasement entre nous deux, le plan
nul où s'embrassent deux bulles de savon
jumelées.

LE CHRIST D'OR. — César !

Le Christ d'Argent. — César !

César-Antechrist. — La mort est le res-
saisissement concentré de la Pensée; elle ne
s'étoile plus infiniment vers le monde exté-
rieur; sa circonférence, nyctalope pupille, se
rétrécit vers son centre; c'est ainsi qu'elle
devient Dieu, qu'elle commence d'être. La
mort est l'égoïsme parfait et la véritable —
... Mieux vaut qu'elle entraîne d'autres morts
vers la sienne, inverse d'un bâillement sym-
pathique... Christ qui vins avant moi, je te
contredis comme le retour du pendule en
efface l'aller. Diastole et systole, nous sommes notre Repos. Primitif et primordial, tu
promis aux esprits bruts non dégangués de
la chair et de l'amour la Vie éternelle; je
leur promets l'éternelle Mort qui crée la Vie

comme le noir la lumière et le ressac des
burins charrues l'imprimante crête des traits
montagnes. On oppose le Néant à l'Être,
puis par l'erreur croissant en mode d'ava-
lanche, le Néant à la Vie. Voici les contraires :
le Non-Être et l'Être, bras de fléau du Néant
pivot ; l'Être et la Vie ou la Vie et la Mort.
Le soleil noir subsiste après les soleils tous
les jours redorés du ciel terrestre. Je serai le
disque de carton brûlé qui glisse, comme
voit un ivrogne, sur les décors du septentrion
où poussent le plâtre et la céruse, et les sels
d'arsenic chus des plumes des paons pérennels.

Le Christ de Bronze. — César !

Voix aériennes des cinq Animaux ailés.
— *César !* — César ! Ceux qui sont sur terre
te saluent !

Prologue de Conclusion.

Du mur
Obscur exutoire
Des revenants des victoires
La mygale s'écrase aux faces soleils des
tambours
Par la gloire et la mort de ses doigts noirs
battoirs !

Le quadruple coin de la cloche s'accroche aux
lointains
Tintant le glas lourd, gourd et sourd des prières
d'étain.

L'enfant drapé de la pourpre et du sang
du Christ mourant

Sur son front a les fleurs de la vierge couronne écran

Et la croix sur l'épaule en militaire dans
le rang.

Et Jean-Baptiste enfant va rose et nu sous
le ciel bleu

Avec à ses pieds blancs des sandales couleur de feu ;

La peau du mouton bêlant vêt le prophète
de Dieu.

On égorgea les fleurs sur la route des
innocents.

Le barrissement des tambours fait envoler
le sang

Que brouta la biche de Geneviève de Bra-
bant.

Marchez aux reposoirs vers le calvaire et
l'abattoir !

L'hermine rouge a brodé la peau de la
terre noire,

Les hoquets des tambours tremblent sur le
sable mouvant ;

Sous son armure de pavés, l'enfer guette
rêvant.

Les Suisses diables chamarrés fourchus
sous leurs habits

Lèvent le couperet de leur grand chapeau
de rubis.

Les vents de mort tirent aux dés tous
les décès de l'an

Par les cloches tric-trac au son du batail
roulant,

Et le portail bénit de ses doigts unis les
allants.

On a tendu toute la rue avec des linceuls blancs,

L'escarpolette des guirlandes haut s'en va volant.

Paix ! le sonneur avec ses deux cloches sonne le glas

Égouttant les deux verres sur la terre à chaque pas,

Et sous son crâne rit l'heure qui a fui du cadran.

Il s'en va sonnant et tintant par le blanc de la place ;

Dans les deux mortiers du vieux voleur les pilons se glacent.

13

Malgré le nombril de midi où dort le coq
sur le clocher

Sous le cristal de l'œil de l'oiseau couronné
perché

Éditant ses pas à rebours furtif il les efface.

Du mur
Obscur exutoire
Du silence à rebours sort des revenants
des victoires...

Par le tic-tac de gloire et de mort de ses
doigts noirs battoirs

La mygale s'écrase aux faces des Tambours.

LE SABLIER

Suspends ton cœur aux trois piliers,
Suspends ton cœur les bras liés,
Suspends ton cœur, ton cœur qui pleure
Et qui se vide au cours de l'heure
Dans son reflet sur un marais.
Pends ton cœur aux piliers de grès.

Verse ton sang, cœur qui t'accointes
A ton reflet par vos deux pointes.

Les piliers noirs, les piliers froids
Serrent ton cœur de leurs trois doigts.
Pends ton cœur aux piliers de bois
Secs, durs, inflexibles tous trois.

Dans ton anneau noir, clair Saturne,
Verse la cendre de ton urne.

Pends ton cœur, aérostat, aux
Triples poteaux monumentaux.
Que tout ton lest vidé ruisselle :
Ton lourd fantôme est ta nacelle,
Ancrant ses doigts estropiés
Aux ongles nacrés de tes pieds.

VERSE TON AME QU'ON ÉTRANGLE
AUX TROIS VENTS FOUS DE TON TRIANGLE.

Montre ton cœur au pilori
D'où s'épand sans trêve ton cri,
Ton pleur et ton cri solitaire
En fleuve éternel sur la terre.

Hausse tes bras noirs calcinés
Pour trop compter l'heure aux damnés.
Sur ton front transparent de corne
Satan a posé son tricorne.
Hausse tes bras infatigués
Comme des troncs d'arbre élagués.
Verse la sueur de ta face
Dans ton ombre où le temps s'efface ;
Verse la sueur de ton front
Qui sait l'heure où les corps mourront.

Et sur leur sang ineffaçable
Verse ton sable intarissable.
Ton corselet de guêpe fin
Sur leur sépulcre erre sans fin,
Sur leur blanc sépulcre que lave
La bave de ta froide lave.

Plante un gibet en trois endroits,
Un gibet aux piliers étroits,
Où l'on va pendre un cœur à vendre.
De ton cœur on jette la cendre,
De ton cœur qui verse la mort.

Le triple pal noirci le mord ;
Il mord ton cœur, ton cœur qui pleure
Et qui se vide au cours de l'heure
Au van des vents longtemps errés
Dans son reflet sur un marais.

FIN

TABLE

ERRATA

Page 10, lire : chauves-souris.
Page 49, ligne 10, lire : fond.
Page 51. ligne 8, lire : ou je vous vais décerveler.
Page 96, cinquième ligne, lire : ballonné.
Page 98, ligne 2, lire : Taille.

Page 141, dernière ligne, voir : X

Page 195, à la fin, lire ce mot omis : dimanche.

C. RENAUDIE

IMPRIMÉ PAR

56, RUE DE SEINE

PARIS

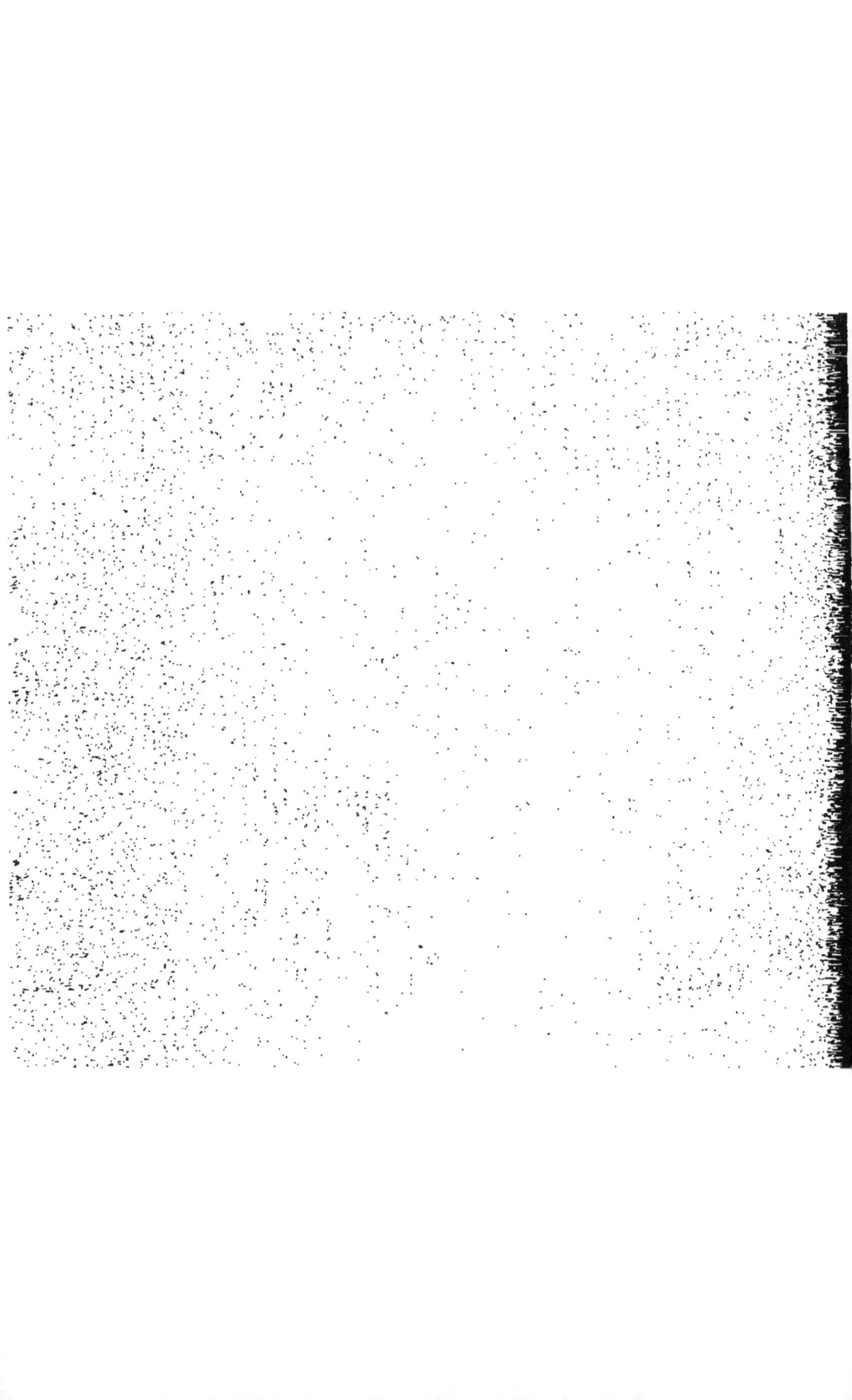

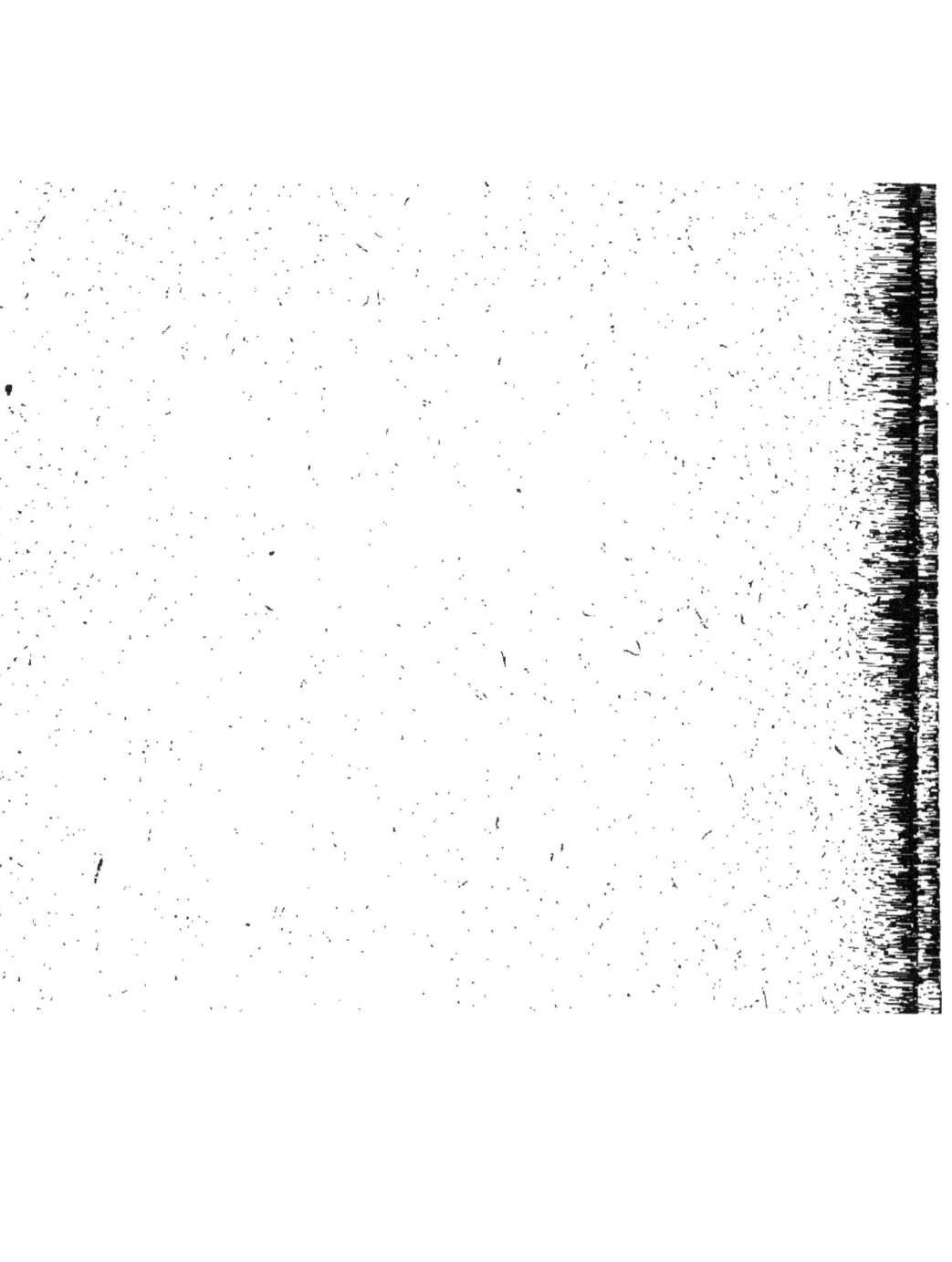

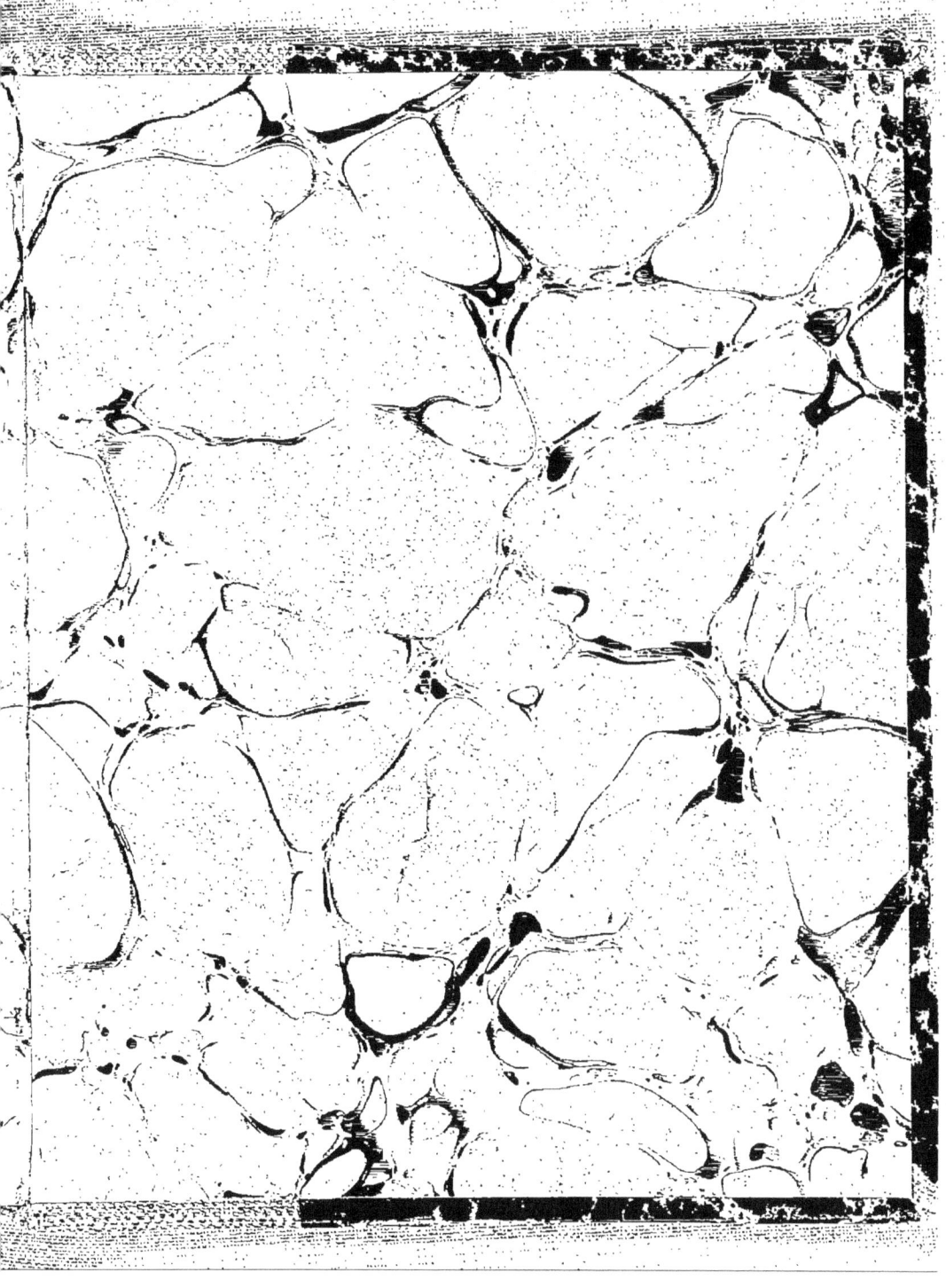

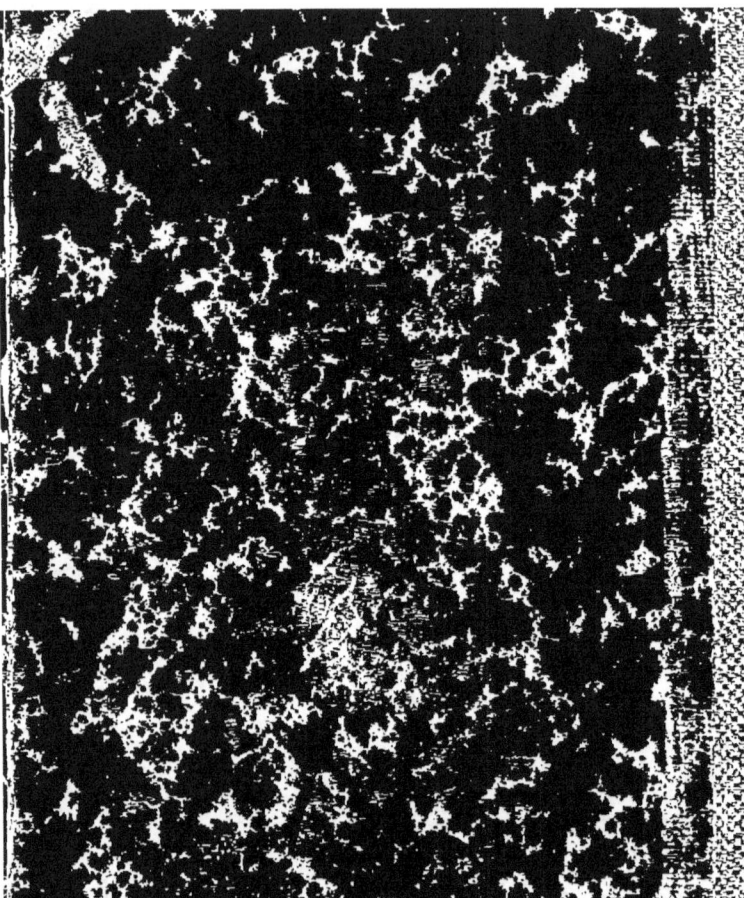